巧女故事

【中国民俗文化丛书】

刘魁立 张旭 主编
康丽 著

中国社会出版社

序

中国民俗学会理事长　　刘魁立

人生活于文化之中，正像人离不开空气一样。《周易》说："观乎天文，以察时变；观乎人文，以化成天下。"无论汉语"文化"一词是否由此而来，这段话至少说明，我们的祖先向来对文化的重要性有十分清楚和极其深刻的理解。文化确乎是人之所以成为人、人类之所以成为人类的根本标志。人创造了文化，文化也创造了人，从这个意义上也可以说，人是文化的动物。

从文化本身来说，相当长一段历史时期的传统文化可以粗略地、也是相对地划分为两大分流，即所谓上层文化（或称高层文化、雅文化、精致文化……）和下层文化（或称基层文化、底层文化、低层文化、民间文化）。

民间文化是人民群众创造的最古老的文化，因为它的根源可以追溯到人类发展的初始阶段；民间文化同时也是最年轻的文化，因为它仍然活生生地存在于人民的日常生活和口碑之中。民间文化还是整个社会文化的基础，并且具有极强的生命力。上层文化往往是对民间文化选择、改造和精致化的结果。

民间文学、民间艺术是民间文化中最富色彩的一个组成部分。它在人类创造的一切艺术中，生命最活跃，涉及最广泛。它以古朴纯真的艺术手段，反映着人民群众的现实生活、理想和追求。它的无数珍品，是当之无愧的美的典范。没有了它，人类将失去多少童真的回忆；没有了它，人类的爱祖国、爱家乡将会缺少多少实际可感的具体内容；没有了它，人类的欢乐、悲伤也将变得干枯而平淡；没有了它，人类将会失掉多少生活的甘美和幽默……

万家社区图书室援建和万家社区读书活动，是建设社会主义文化和建设社会主义新农村的一项战略举措。我们，作为受到农民兄弟哺育和培养的知识界、文化界，有义务用学来的知识回报衣我食我的父老乡亲，这不仅是我们的社会责任，也是我们的荣耀。

中国民俗学会在这项重要活动中，承担有关中国民间传统文化的约50种图书的撰写工作，我们组织了学养很高的，包括大批教授、研究员在内的专家队伍，来完成此项写作任务。他们在相关领域里，学有所长，业有专攻，所有作者都以光荣志愿者的精神，以科学严谨的态度，用生动活泼的文字，把相关的准确而丰富的知识，呈献给农民兄弟和城镇社区的读者。完成这项具有重要意义的写作编书任务，是我们人生当中一件值得骄傲、值得自豪的事情。

中国民间文化是世世代代锤炼和传承的传统文化，其中凝聚着民族的性格、民族的精神、民族的真善美，是中华民族彼此认同的标志，是祖国同胞沟通情感的纽带。历史悠久、内涵丰富的传统文化也是我们中华民族对人类文化多样性发展的巨大贡献。急剧变化的时代在淘洗着传统的民间文化。在当今时代，我们尤其有必要对我们丰富淳厚、历史悠远的民俗传统立此存照，将其中的优秀部分及其真谛展示给广大民众，使他们对中华大地、对祖国同胞、对优秀的文化传统和淳厚的民俗民风怀有更深刻的眷恋、热爱和崇敬。继承和发扬中华民族创造的非常丰富而优秀的非物质文化遗产和民族精神，是我们的幸事，也是我们的历史责任。

我希望在大家的共同努力下，民间文化之花越开越鲜艳，为我们祖国、为我们中华民族赢得一个永恒的春天。

目录

第一章

什么是巧女故事

悠长的文化和淳朴的民众，在漫漫的时间长河中，孕育了中国丰厚的民间故事宝藏和传续至今的讲述传统。在这座储量惊人的故事库藏中，有一类传统的民间故事因其专门表现女主人公的聪慧而被人们称为“巧女故事”。看到这个概念，可能很多读者心中都会浮现出一个大大的问号，究竟什么是巧女故事呢？这类故事讲述的是民间女性在日常家庭生活中的行为与活动。她们凭借自己机敏的言行，解决了各种与家庭或家族有着复杂纠葛的难题，坚定地维护着家庭的威望和自身的利益。巧女们面对难题的冷静，迎接挑衅的勇敢，以及解决危机的慧黠，使得巧女故事在民众质朴的口语表述中代代相传。这里我们不妨先讲个小故事，让大家有所体会：

在很久以前，有兄弟二人，各有一句口头禅，老大好说“岂有此理”，老二好说“哪有这种事情”，都被村里人讥笑。一天老大找到老二说：“咱们两个，常因口头禅叫别人笑话，不如一下子改了，今后不说了。”老二听得有理，就答应说：“可以。”老大又说：“为表决心，咱打赌如何？”老二问：“咋个赌法?”“谁要说一句口头禅，输银十两。”老二说：“一言为定。”老大见老二上了钩，就高兴地回家了。

第二天大清早，老大跑到老二房前，拍打着老二的门喊：“老二快起！老二快起!”老二披着衣服打开房门问：“啥事?”老大慌张地说：“咱后院的井被别人偷走了。”老二听罢一扭脸说：“哪有这种事情!”老大马上高兴地一蹦说：“你输了，罚你银子十两。”老二一惊，张开嘴半天没有闭上，明知自己受了大哥的骗，但有言在先，只求大哥宽限，晚上来取银。

老二一天愁眉不展，后晌老二媳妇从娘家回来，问是咋回事，老二哭着诉说了前因后果。老二媳妇不以为然，晚饭后让老二躺在床上，不许动，不许说话。一会儿，老大喜气洋洋来到院中喊：“老二，该给我银子了吧。”说着来到屋里，见老二躺在床上，又连喊：“老二，老二。”这时老二媳妇从里间屋跑来，一本正经地说：“别喊，别喊，老二正在生孩子哩。”老大一听，大怒道：“岂有此理!”老二一听大喜，从床上一跃而起，大叫：“你违赌，银子抵消了。”①

细细品味这个故事，我们就会发现，在简单的情节中，凸显着女主人公面对难题时的镇定与机敏。虽然她只在故事的末尾淡淡地说了一句“别喊，别喊，老二正在生孩子哩”，

① 李恒昶主编：《聪明的弟媳》，《中国民间文学集成·武安民间故事卷（续集)》，河北省武安县民间文学集成编委会（内部资料)，1988 年 4 月，第 504 页。

就已经依照老大陷害自己丈夫的方法，以同样荒谬的事情诱使老大说出违背约定的字句，从而扭转了丈夫欠债的困境。当老二大叫“你违赌，银子抵消了”时，我们可能也会随着老二的大喜而露出会心一笑，这不仅是在嘲笑老大的自食其果，更是在赞叹弟媳平静面容之下，以其人之道，还治其人之身的聪慧。

讲这个小小的故事，是希望能在博取大家一笑的同时，也让大家的目光随着我的笔触，慢慢踏进巧女故事这座充盈着女性光彩的智慧天堂，看看巧女们到底会遇到什么刁钻古怪的难题，她们如何处变不惊地面对，又怎样喜怒不形于色地把难题一一化解于无形。

正如前面所提到的那样，巧女故事之所以引人注目，一方面源于女性聪慧之光的闪耀，另一方面的原因，则是因为这类故事有着悠久的传承历史和广大的流传范围。就目前所掌握的故事资料看，巧女故事的流传范围几乎是涵盖全国的，每一个省市、地区的相关记录中基本上都有它们的身影。而巧女故事的传承历史也相当久远，早在晋《裴子语林》上卷中就记载了两则巧女故事。其中一则这样讲：“刘道真（遭乱）于河侧自牵船，见一老妪采（桑逆）旅。刘调之曰：‘女子何不调机刺杼，而采桑逆旅？’答曰：‘丈夫何不跨马挥鞭，而牵船乎？’”另有一则：“道真尝与一人共索种草中食。见一妪将二人过，并青衣，调之曰：‘青羊将两羔。’妪答曰：‘两猪共一槽。’”[①] 可以说，这两则故事是目前所能见到的关于巧女故事的最早记录。无论是以同类问题反驳讥讽，还是以“两猪共一槽”回击调侃，故事中的老妇人无一例外地以能言善辩驳斥了文人的自以为是。虽然只是寥寥数语，但故事中老妇人的机敏可窥一斑。

与巧女故事被记录下来的历史相比，学者们对这类故事的认识时间却不是太长，真正的科学研究是从20世纪20年代末开始的。应该说，任何事物在进入学者的研究视野之后，都会以概念的形式被界定下来，巧女故事也不例外。在八十余年的辗转探索过程中，这个概念一直随着学者研究视角的变更而变化着。有的学者比较偏重故事的主要内容，于是简明地以“巧女”给这类故事定名。屈育德认为：“在丰富多彩的民间文学宝库中，有一类传统的民间故事专门表现女主人公的过人才智，许多看来无法解决的难题，一到她们手里顿时迎刃而解，人们因此把这类故事称为‘巧女故事’。”[②] 而有的学者将关注点集中在女主人公的社会身份上，认为这类故事的主人公在中国绝大多数是已婚身份，因而将这类故事界定为“巧媳妇故

① 由于原书已佚，第一则故事见《北堂书钞》卷一三七、《艺文类聚》卷二五，又见《太平御览》卷四六六、七六九；第二则故事见于《艺文类聚》卷二一五。以上转载于娄子匡《搜集巧拙女故事的小报告》，《民俗、民间文学影印资料之三十三·民俗学集镌》，上海文艺出版社1989年。

② 鲍放编：《略论巧女故事》，《巧女故事》，上海文艺出版社1981年，第227页。

事”。江帆认为：“从故事的分布状况检测，欧洲和西亚、中亚等地的这类故事……称‘巧女’型较为适宜。在中国以至东亚，由于家长制的亲族关系传统的深刻影响，这类故事的主人公几乎无一例外地都是已婚的媳妇。故事中刁难或考验媳妇的难题，往往出自封建家族的‘家长’类人物之口。这些常人难以回答的难题，最终都由聪慧的儿媳妇用绝妙的答案破解了。因此，中国的这类故事通称为‘巧媳妇’故事。”① 就我个人而言，我比较倾向于“巧女”式的界定，因为这样我们可以把关注的重心从女主人公对难题的破解拓展到故事对女性智慧的称颂上。所以，在本书中，我们所提到的“巧女故事”指的是这样一类故事，即女性主人公在日常家庭生活中凭借机敏言行将各种与家庭或家族有着复杂纠葛的难题一一解决的民间故事。

由于放宽了边界，那么可以被纳入巧女故事范畴的故事数量和种类就大大增加了。因此，我们不能再把巧女故事看成一类单纯的故事，而应将它看做是在以家庭或家族问题为中心的场域中展开的，以展现故事女性主人公聪明才智为目的的储量丰沛、种类繁多的生活故事集群。

① 刘守华主编：《女性生活智慧的闪光——“巧媳妇”故事解析》，《中国民间故事类型研究》，华东师范大学出版社 2002 年，第 636 页。

第二章

谁的身影在集群中闪现：巧女故事的分类

既然这个以展现故事女性主人公聪明才智为目的的生活故事集群储量丰沛、种类繁多，那么，我们就来看看在这个故事集群中究竟包含着哪些女性的身影？

施巧计处理万事

在巧女故事中，有一类故事特别着重地描述了女主人公的处事能力。依据故事讲述事件的性质，这类故事可以分为五种：代解围、与恶人斗智、助夫处事、择夫婿和善发家。

一、官司缠身巧女代解围

在代解围巧女故事中，打官司是故事得以推进的主要事件，因此，官司缠身是主人公们面临的最大困境。故事中出现的所有难题以及涉及的人际关系都是由此引发的。譬如流传于河北唐山的《一刀之罪》[①]：

这年，韩老大到一户财主家里当佣人。一天，财主让他送少爷去串亲戚。少爷骑着一匹马在前面走，韩老大在后面跟着。翻山的时候，突然从山路旁边的草棵子里"噌"地蹿出一只兔子，这下可把少爷骑的马吓惊了。它"噌"地一蹦，连少爷一块儿滚到山崖下，摔死了。韩老大急忙跑回村，把这事儿告诉财主。财主差点憋过气去，他一把拽住韩老大的衣襟，瞪起双眼，嚷起来："胡说！准是你把我的儿子搡到山下摔死的。走！跟我到县衙门去，不给我儿子偿命不中！"韩老大没办法，只好跟财主到了县衙门。

谁料想这个县官是个贪官，早和这个财主穿着一条连裆裤子。每到逢年过节，或者这个县官有啥大事小情的，财主都给他送厚礼，啥金银财宝哇，绸缎绫罗呀都送。县官只听财主一说，就给韩老大定了个死罪。那时候，给犯人判死刑有几刀之罪，如一刀之罪，就是把犯人的脑袋砍下来；两刀之罪，就是砍下脑袋以后，在腰上再砍一刀，把人一分两截儿；最多的是七刀之罪，就是把犯人大卸八块。县官判处韩老大一刀之罪，下入了死囚牢。

有人见财主把韩老大拉进县衙门，关进了死囚牢，就跑到韩老大的家，告诉了韩老大的媳妇五娘子。五娘子不知是咋回事，便跑到牢房来看韩老大。韩老大隔着栏杆见五娘子，伤心

---

① 秦玉林、王国新主编：《韩老大和五娘子的故事》，河北省唐山市民间文学三套集成办公室（内部资料），1986 年 7 月，第 242～245 页。

地哭起来了，五娘子急忙问："你哭个啥？到底是咋回事啊？"

韩老大一边抹眼泪儿，一边抽抽搭搭，把财主家少爷如何摔死的，财主又如何诬赖他，县官判他一刀之罪的事儿，从头至尾地讲了一遍，接着说："五娘子，看来我是活不成了，咱俩夫妻一场，你就好好拉扯着孩子过吧，我在九泉之下也忘不了你……"说着说着，又呜呜地痛哭起来。

"唉，哭有啥用？亏你还是个男子汉！"五娘子见衙役守在旁边，就给韩老大递了个眼色，然后说了句，"老大，你就放心吧！"转身走咧。五娘子找到县官说："县官老爷，我的丈夫韩老大，听说被大人判了他个死罪，我有一事相求，不知能行不？"县官见五娘子长得漂亮，不由得咽了几口唾沫，眼珠子滴溜乱转。他装出一副笑脸："好说，好说，我身为父母官，就要为民做主嘛，你有啥事相求，快快讲来吧。""大老爷，我丈夫死后我决不再嫁人。可是我们家离这儿有百八十里地，家里又穷得地无一垄，房无一间，炕无一席，很难把我丈夫的尸骨取回去。这样一来，百年之后，我的尸骨就不能入韩家坟的正穴。所以求大人把我丈夫韩老大的辫子割下来，我把它带回去，等我百年之后，我就可以同那条辫子一起埋入韩家祖坟正穴了。若能如愿，民妇感恩不尽。"

县官捋着山羊胡子，眯缝着三角眼，脑袋晃着圈儿，琢磨了一会儿说："好吧，本官答应把韩老大的辫子给你，不过事后……"五娘子一听，连忙施了一礼说："多谢大老爷。""来人哪！"县官吆喝了一声，一个衙役走上大堂。"传大老爷之命，令刽子手速将韩老大头上的辫子割下来！”“遵命！”衙役转身走了。“死犯韩老大！快把脑袋伸出来！”韩老大听了这喊声慢慢走到牢房门前，一看栏杆外边立着一个满脸横肉、手提大刀的刽子手，心里说：“我韩老大今天就这样冤枉地死了！”他心一横，把脑袋伸到栏杆外，闭上了眼睛，只听“刷”的一下，那刽子手“蹬蹬”地走了。韩老大睁开眼睛，不由用手摸了摸自己的脖子，这才发现刽子手把辫子割去了。他纳闷起来，不知县官捣的啥鬼。

五娘子从县官手里接过韩老大的辫子，问道：“县官老爷，民妇还有一事相问，不知大人判了我丈夫啥死罪？”“人命关天，一刀之罪！”“既然一刀之罪，大人已命刽子手砍了我丈夫一刀咧，还有何罪呢？”“这……”五娘子见县官结结巴巴答不上来，就趁势说：“县官老爷，黎民百姓都称赞大人秉公执法，如不放了我丈夫，岂不有失大人身份，一县之主，竟然说了不算？再说，你已经砍了我们一刀，再砍我们，我就要到府里和皇上那儿去告，大人的乌纱帽还能戴得牢吗？”

县官听后一琢磨，这事儿真要让府台和皇上知道喽，派人下来查访，馅儿一露，吃不了，也得兜着走，只好把韩老大放了。

在代解围故事中，巧女很少直接成为深陷困境的弱者，她们往往是为了帮助家人解决困境，才如英雄一般现身相救。她们破解难题的最终后果，当然是使这场官司获得圆满的结束，家人得以脱身。巧女破解难题的方法大多是狡辩式的，最常见的狡辩就如《一刀之罪》中所讲的那样，要求割下丈夫的头发作为纪念，或是更改丈夫的名字，诱导官员误认丈夫已经受过刑罚，从而帮助自己的丈夫脱离牢狱或酷刑。

但在有的故事里，巧女们的丈夫不是深陷牢狱的囚徒，而是大权在握的官司判定者。这些官员在断案时往往不能判定，到底谁才是真正应该受到惩罚的人。当迷雾萦绕公堂的时候，巧女们便会在故事中现身，协助丈夫找出案件的真相。我们刚刚提到，巧女故事应该发生在家庭或家族内部，但在这种帮助丈夫解断案之围的故事中，情节的发展却超出了范围。不过，读者们不必担心，在该类故事的结尾，一般会有“成为别人的义母”的情节，这样就将原有的外人关系转变为家人关系，将巧女的活动重新置于家庭的场域中。想要了解这其中是如何的波动曲折吗？我们不妨来看看在河北邯郸流传的《知县夫人断奇案》[①] 故事：

武安县西边有座山，山下住着母女俩，靠养蚕来度时光。闺女从小就上山采桑叶，就叫个桑妮。她十六岁上，一天去采桑叶，天快黑呀，忽然听见老虎叫哩，又听见人喊：“老虎来啦!”桑妮就赶紧往回跑，不想老虎拦住了路，只好往别处绕，绕来绕去迷了路，走到崖边儿。后边是老虎，前边是高崖，这还有啥法哩。自己思想着，宁可摔死也不能让老虎吃了呀，就跳了下去。

---

① 《中国民间文学集成·邯郸市故事卷》（中），中国民间文艺出版社1989年，第338～342页。

崖下边有个大小子，割草哩，十八岁了，叫个焦郎，刚把草收拾好到一堆儿，准备捆起来走哩，突然从崖头上落下个人来，正好落到草堆上。焦郎一看是个闺女，有草垫着哩，没有跌伤，可是也吓昏了。焦郎把她扶起来，停了一会儿她醒了。焦郎问她，她说山上有老虎撵她来，才跳了崖。焦郎知道往她家还很远，就说："前边就是俺家，先到俺家歇一夜，天明了我送你回去。"桑妮看看天也黑了，就这样吧，可是腿软得一步也不能走。焦郎就把草丢到地上，把桑妮背到自己家了。原来焦郎就他一人，到家就赶快烧水做了点饭让桑妮吃。吃罢饭，桑妮也有了精神了。焦郎对她说："你上住门在我家睡吧，我去找个地方去。"说罢他就出来了。去哪里？也没个地方，路边有个店房，焦郎跟店主李二也都熟识，就去店里住一夜吧。焦郎来到店里，店主李二就问他："你家谁来了？"焦郎就说："是外村一个遇难的闺女。"李二听了心里头暗暗笑焦郎傻哩。店里头也没有客人，李二给他安置了房子让他睡去了。他俩在外边说话，李二老婆在里屋听见了，早就见焦郎家墙上挂着个玉佩，急着想弄到手没有机会，一听说他家里就一个遇难闺女，就起了偷玉佩的念头了。出门来大声朝李二说："我打牌去了！"意思是让焦郎听哩，就去了。到了焦郎家门前一推门，上着哩。从头上拽下来一根簪子把门拨开了。进去就往墙上摸，摸了一阵也没摸着，摸到床边了。咋一摸床上没人，也不知是咋回事哩，就又摸玉佩。刚把玉佩摸到手，就又听见有人推门进来了，吓得她不敢吭声，就躺在床上了。

进来的人是谁哩？是店家李二，他听老婆说打牌去了，心里头可高兴，他想焦郎家这个闺女哩，也趁机行奸来了。到了焦郎家轻轻一推门就开了，悄悄摸到床上就是有个人，上去就动手扒衣裳。一个做贼，一个行奸，谁也不敢吭声。

焦郎有个哥哥，叫个焦大，住在里院。焦大是个粗鲁性子，媳妇贾氏可不贤惠了，看着焦郎年轻一直想勾引焦郎。焦郎不听她的话她就恼了，反给焦大说焦郎调戏她哩。开头还不相信，时间长了，焦大也疑惑哩，就这样兄弟俩也不和睦了。这天傍黑贾氏在门外，见焦郎背回来一个大闺女，心里疑惑是拐骗人家良家女子哩，黑夜就给焦大说了。焦大不相信，贾氏就说："老二不正派败坏了你家名声。你要不相信，就去窗下边听听哩。"说得焦大犯了疑，起身就去焦郎窗下听哩。咋听了果然有床铺响动声，这还能差？回身从家里拿了把斧头，推开焦郎门，一摸床边儿俩人头，两斧子下去俩人头落了地。摸了个包单把俩人头一包，先回去给贾氏说了声："老二就是不正派，我把他杀了。"贾氏一听害怕了，虽说是他俩行奸来，可这杀人的罪可大着哩，赶紧催促焦大去投案自首吧。焦大觉得也是，就提上人头去了。

焦大往县衙走，到了半路上天明了，心想看看这个女人是谁。打开包一看，可坏事了，原来人头是店家两口子。焦大知道自己杀错了好人了，犯了死罪，就不敢去投案了，把人头往草沟一扔，去村外躲避去了。

天明了，贾氏等着公差来验尸哩，早早就出来打看，咋突然又见焦郎屋里头跑出来一个闺女来，慌慌张张地就跑了。原来桑妮还没睡哩，就听见有人拨门哩，知道不是好人，就起身钻到床底下了。来的人上了床还没走哩，就又进来一个，也上了床。咋没多大会儿就又进来一个人把床上的两人给杀了。她听出来最后进来的那个人是从里院来的，一黑夜惊吓得也不轻，天一明就钻出来往家跑了。

贾氏见了正疑惑哩，又见焦郎从外边回来了，一进门就又跑出来，呼喊着说他家杀了人了。贾氏这才知道焦大杀错了，也不敢吭声。一会儿邻家来了一大堆人，听说杀死人了，都上前细看哩，有人认衣裳才知道是店家两口子，店家同族的人赶紧去县大堂报了案。到了晌午，县官带着衙役来了，验了尸就问焦郎是咋回事哩。焦郎说："昨天黄昏我家留下一个闺女，自己去店家住了一夜。早上起来店家没人，我到家一看，店主被人杀死在我家了，那个闺女也不见了。"县官又问："你留下闺女有人见来没有？"焦郎说："傍黑儿就俺嫂在门口见来。"贾氏一听，在一旁连忙说没见。县官发开火了，说焦郎扯谎哩："一定是你把店家两口子骗到你家去谋财害命了。快说出那个女的是谁，往哪跑了！"

不想焦郎再说不是，也没有人给他证明。县官又逼他交出来女子。他想桑妮一个软弱女孩，一定不是她杀的人，再把她叫到这，不是光给她找罪受哩，干脆不说她了，就一口咬定没有女子。贾氏见焦郎变了卦了，赶紧又给县官说："今儿清早我见一个闺女从他屋里跑了。"县官听了，也不问了，让衙役把焦郎带走，到了县大堂又审问。焦郎还是不招，就动了大刑。还不招，就把他关到监里了。

县官问不出来口供，也定不了案，整天是愁眉不展，夫人见了就问他是啥案这么难办。县官就从头至尾说了一遍，夫人听了又问："发现死人有啥可疑的地方没有？"县官说："店老婆手里头拿着一块玉佩，不知道是咋回事哩。"夫人听了就说："拿来咱再看看。"县官就去拿来让夫人看。夫人看了玉佩就说出点道道来，她说："你看这个玉佩上沾满烟灰，准不是一直在身上戴的。你说店家老婆来别人家手里拿个玉佩做啥哩？肯定是焦郎的。店老婆说是打牌哩，实是偷玉佩哩。店主李二哩？明知道焦家留了个闺女，来行奸哩。俩人心里头都做鬼哩，谁也不敢吭声。杀人犯哩？肯定跟店家没怨，是想害焦郎哩。贾氏本是焦郎嫂，说的话都是害焦郎哩。那个闺女肯定有，一黑夜在屋里头啥都知道哩，就是又害怕又害羞说不出口才跑哩。焦郎哩？准是爱上这个闺女才反口不说她哩。依我看问问焦郎，找见这个闺女了，就啥也能知道了。"

县官听了，觉得夫人说得合情合理，就把焦郎又带到夫人跟前，夫人问他："你家有一个玉佩？"焦郎说："有，在家墙上挂着哩。"又说了说是啥色儿，正和夫人手里拿的那一个一样。正是店老婆来偷玉佩哩。就又问他那一个闺女哩，焦郎见县官夫人说话和气，通情达理，就把如何救桑妮，如何住店都说了个清楚。夫人就叫县官安排人去接桑妮来。没多大工夫就用轿把桑妮抬来了。桑妮一见县官夫人，就哭哭啼啼地诉说焦郎救她到家里的事，说到黑夜杀人事上，桑妮说是从里院出来个男人。

县官听了听，赶紧差人去拿焦大，亲自给焦郎开了锁链，说他没有罪。再说焦大，在外边躲了一天，听说把焦郎抓走了，就回家去和贾氏商量去了，刚回来就遇上公差了，只好随公差来衙门认罪。见了县官，就把为啥杀他俩和杀死之后的事全部都说了一遍，将凶器和人头也交代清楚了。县官看焦大也认罪，就因为贾氏搅得兄弟不和才杀人哩，杀得都不是好人，就这样把焦大、贾氏从轻发落，叫他俩到军营里头当三年劳工。

里边哩，县官夫人把焦郎和桑妮叫到一块儿。桑妮见焦郎为了救自己又坐监挨打，心肝眼难受得光哭。焦郎看桑妮一个女孩家受这惊吓，也很可怜她。县官夫人看出他俩的心思了，就趁机会给他俩说媒。俩人都愿意，就赶紧给夫人施礼。这时候县官也进来了，听了听他俩的事，也很高兴，就是觉得自己断案不明，叫焦郎受了苦。就和夫人商量了一下，把桑妮认成干闺女，就在县衙里为他俩成了婚，给桑妮陪送些嫁妆，也算对得起焦郎哩。焦郎和桑妮也感激得没法儿，双双给县官施礼。县官赶忙拉起来说："我这个糊涂官不称职，多亏夫人才判明，快去谢夫人。"夫人也笑着说："但愿你俩白头到老。"说罢，就备了两台大轿，吹吹打打把他俩送回去了。回去以后，焦郎跟桑妮去看丈母娘，丈母娘听说就是救闺女的那个人，看了看长得挺俊，心里头可高兴了。后来，四乡八村一说起这个事，都说县官夫人有能耐着哩。

如此令县官一筹莫展的复杂案件，到了县官夫人那里，却轻易地由玉佩入手抽丝剥茧，将案件真相大白于天下。既使真凶焦大与可恶的帮凶受到应有的惩罚，同时又帮助焦郎和桑妮这对有情人终成眷属。因此，“县官夫人有能耐着哩”，不仅是故事中乡亲们的交口称颂，也是我们读完故事后不由自主发出的赞叹。

二、恶意欺诈巧女勇斗智

和代解围故事相比，与恶人斗智故事更直接地展现了巧女的聪慧。这一类故事的流传地域比较广泛。故事中出现的难题多是邻居的恶意讹诈，成为恶邻敲诈工具的大多是猫或鸡，但在那些贪财的恶人口中，却成了价值连城的绝世珍宝。贪人财物的恶邻所以能够进行敲诈，主要是因为巧女的家人有着平民的质朴本性，所以才会被人当做“冤大头”故意陷害。在这些故事中，巧女所面对的多是地主与长工的贫富关系。这时候她们往往采用直接反击的方法，设计让恶人损坏自家的物品，以更高的价值要求赔偿。比如，流传于四川地区的《巧媳妇斗财主》[①] 就是其中一个比较典型的故事。

从前有家人说个媳妇，非常聪明能干。男人却是个老实巴交的汉子，有个财主就想敲糍粑棒。一天，他到财主家去，财

---

① 《中国民间故事集成·四川卷》（下），中国 ISBN 中心，1998 年，第1395 页。

主故意把小猫拴在门槛下，他进门一不小心，就将这只猫儿踩死了。财主就说："此猫不是寻常猫，本是天上避水猫。赔我银子二万五，还要补我二十五块干豆腐。"他想：我把家当全部卖光都赔不起。他气得回到家里饭不吃，觉不睡。媳妇问他气啥子，他一一二二说了。媳妇说："不关事，你明天喊财主来挑银子。"

第二天，巧媳妇望见财主来了，就拿一个瓢儿放在门槛脚下。财主一进门，就把瓢儿踩破了。巧媳妇说："哦，这回子你把我的瓢儿踩破了，你就得赔。"财主说："你这瓢儿几文钱一个？未必我还赔不起吗？""呦！几文钱一个，说得轻巧提根灯草，你晓得我这是用啥子木头抠的不？"财主问："啥木头？"巧媳妇说："你听清楚，此木不是人间木，它是天上梭罗木。张果老砍吕洞宾做，白天舀豆腐晚上舀腊肉。赔我银子六万六，还要补我六十六斤干腊肉。"这下倒把财主整倒了。

在这些故事中，巧女虽然是作为帮手出现，但她们的反击方法更具主动性。除了故意陷害的故事之外，中国还存在着大量的"无意遗失"故事。与前者相比，这些故事里也会出现邻居的敲诈，但通常是发生在巧女的家人无意损坏或丢失邻人物品之后。诱发故事难题产生的原因是经常性的邻里间日常用品的互借行为，从这里可以明显看出故事与民众现实生活的密切关联。在这种情形下，巧女所面对的只是邻里关系，她一般会采用先礼后兵的方法：在婉转求和失败后，寻找邻居以前借而忘还的某件物品，将其价值夸大并超过讹诈的数目，使讹诈者知难而退。由此可见，故事所提倡的处理邻里纠纷的原则是“以和为贵”。

三、知险恶巧女助夫处事

在助夫处事故事中，巧女的主要任务就是使丈夫认清真相并脱离坏朋友。她们往往主动设定计谋，利用狗、猴、猪等类似于人体的动物尸体编造丈夫杀人的谎言，来测试丈夫的朋友，帮助丈夫认清在生活中到底谁是真正可以信赖的人，谁只是酒肉朋友。譬如在陕西流传的故事《杀狗劝夫》[1] 中，老二的媳妇就利用巧计让丈夫认清了钱喜子丑恶的真面目，重新与兄长和好：

在岳坝乡的大右坪村，过去有这么俩兄弟。老大和媳妇勤快老实；老二不务正业，东游西逛，还结交了个酒肉朋友。这天，老二又跟他的酒肉朋友钱喜子去赌钱，结果输得衣裳都抵上了。回到家里，哥嫂和媳妇都劝他甭跟人家出去鬼混了。他不但不听，反倒凶煞恶神地撵走了哥嫂，痛快打了媳妇一顿。媳妇见说不行，劝也不行，想了一个主意：把家里的一条老黄狗一刀杀了，用白布裹住埋在后院的大树下。

晚上，老二又喝得东倒西歪地回来了，媳妇假装心慌地对他说：“不得了喽！有人陷害我们，把人杀了，尸首埋在咱家的后院里，你看这咋得了？”老二一听，顿时吓得酒醒了一半。

---

① 《中国民间故事集成·陕西卷》，中国 ISBN 中心，1996 年 9 月，第 589 页。

他把眼睛睁得圆圆的，说他马上去报官。媳妇摇摇头说：“这不是办法，我看还是把你的好朋友叫来，让他趁半夜把尸首背出去埋了。”老二一听，觉得这是个好主意，就立刻跑出去叫来了钱喜子，请钱喜子帮忙。钱喜子边往外走边说：“人命关天，我不敢做。”老二见钱喜子溜走了，只得又让媳妇快出主意。媳妇想了想说：“你快把哥哥嫂嫂请回来，让他们把尸首背出去埋了。”老二又急急忙忙去请哥嫂。哥嫂一听，急出了一身冷汗，赶忙摸黑到老二家，把尸首挖出来，背到外面悄悄埋了。

第二天，天还没大亮，钱喜子带官府的差人抓老二来了。他走到老二面前，滴溜溜转着贼眼说：“你那小娘儿们是我的了！”又走到老二媳妇面前，笑着说：“小寡妇，快跟我享福去！”老二媳妇吐了他一脸唾沫，转过身，对官府的差人把钱喜子怎样引诱丈夫不务正业，她咋样教训丈夫的事说了。差人一听，忙挖出老黄狗的尸首验证，证实了老二媳妇说的是事实，反倒捉拿了钱喜子回府交差。老二给媳妇跪下磕头作揖，给哥嫂赔情道歉。他哭着说：“一娘生的兄弟好，酒肉朋友不能交！”

与前面的故事相比，助夫处事的故事更多地描述了很多潜在的危险——虽然丈夫没有闯下大祸，但在酒肉朋友的引诱下已经走上歧途。在还没发生更大的灾祸之前，巧女们就已经利用“善意的谎言”，比如丈夫杀人、鸡被偷走等，帮助丈夫认清“朋友”的真面目，从而脱离隐含危险的环境。这类故事展现的不是巧女随机应变的一面，而是她深思熟虑的一面。其中，巧女的“巧”表现在计谋的设定上，而巧女的“能”则表现在成熟的处事态度和预见性上。

四、务实利巧女择夫选婿

在选择夫婿的故事中，是父母兄长的自作主张造成了众多求婚者同时要求履行婚约的难题。这种难题为巧女带来了麻烦，但同时也给她提供了选择伴侣的机会。这时候，巧女的出面既是为了解除家长的困境，也是为了争得婚姻的幸福。巧女们选择婚约履行者的方式主要有两种：一是指定题材赋诗，二是要求候选人完成一项与其职业相应的任务。在大多数择婿故事里，巧女们选择的是肯为自己付出真诚和努力的候选人。我们接下来就看一个来自贵州侗族的故事《选女婿》①：

从前，有个老人，老人有个独生女儿，长得像朵花，他爱得像身边的烟杆斗，从不离身。姑娘长大了，他整天唉声叹气，一怕女儿找不到好女婿，二怕女儿嫁给人家离开了他。女儿也懂得老人的心情，她拿定主意要招人上门。

一天，老人出门找郎仔。他一路走一路想：要找个哪样人呢？猛抬头，看到前面来了个后生，粗手大脚，看样子蛮能

---

① 卢正佳、缪力主编：《中国民间故事精品库·生活故事卷》，中国文联出版社 1999 年，第 6 ~9 页。

干、蛮归着[1]的。老人问："纳给[2]，你去哪?"那个后生回答说："老人家，我去做活路。"老人就约他："过七天是我的生日，你来我家玩。"那个后生答应了。老人又朝前走，走呀走呀，又看见前面来了个后生，带着狗背着弓箭，像个打猎的。老人问："纳给，你去哪?"那个后生回答说："老人家，我去打野猪。"老人又约他："过七天是我的生日，你来我家玩。"那个后生答应了。老人又朝前走，走呀走呀，又碰上个后生，身穿长衫头戴瓜皮帽，斯斯文文的，像个读书人。老人问："纳给，你去哪?"那个后生回答说："老人家，我去读书。"老人又约他："过七天是我的生日，你来我家玩。"那个后生也答应了。

老人回到家里，对女儿说，要她挑一个称心的。姑娘听了，满口答应："到那天我自有办法，你放心吧。"老人的生日到了，那三个后生都来了。老人备了酒席，很客气地招待他们。吃饭时，姑娘也来陪客。老人对他们说："我就这一个姑娘，要选一个称心的女婿。你们都不错，把你们请来，当面锣，对面鼓，都讲一讲你们的本事，让我姑娘选吧!"那三个后生看见这姑娘又秀气，又聪明，都想要她，就抢着讲。

第一个后生说："我是个庄稼汉，种的阳春满坡满坝子，还爱唱山歌。"随着他就唱了一首山歌："种田郎，三月四月种田忙，八月九月收割了，谷子杂粮堆满仓，吃穿百样都不少，

---

① 贵州方言，意思是很有精神。
② 贵州方言，意思是后生。

只少一个管家娘。”

第二个后生说：“我是打山匠，专打野猪和豺狼。”随着就把弓箭举得高高的。第三个后生说：“我是读书人，会读书写文章。”随着又念了两句：“万般皆下品，唯有读书高。”姑娘听了说：“三位各个都有本事。这样吧！大家来比比。种田的哥哥，你一定喜欢种子，你去把你种过的各种庄稼种子都拿来。打山的哥哥，你的箭一定射得好，你把门前柳树叶子都射光。读书的哥哥，你会写文章，你去书房写一百篇文章。现在开始做，哪个先做好，我就嫁给他。”

三个后生听了，各就各位，各忙各的。种田的后生很着急，他想，打山的就在门口射柳叶，读书的就在房里写文章，拿种子要来回跑，咋个比得赢他们？不加把劲不流汗是不行的。他就放开两脚跑得飞快。回到家里，把谷种、菜种、瓜种、豆种……都一一包好。一想，我还种过许多树呢，把树种也带上，就赶忙对鸽子说：“鸽子、鸽子，请你帮帮忙，快把杉树、枞树、栗树、棕树……的种子给我找来。”一群鸽子满天飞，把各种树种找来了。他喜喜欢欢地背着种子还顺手拿起锣鼓上路了。

打山的后生也是个能手，他把狗唤来帮他捡箭。他站稳桩了，拉开弓，搭上箭，“嗖嗖”地射。真准！箭箭不落空。那只猎狗也真行，来来回回帮他捡箭。那个读书的后生，走进书房，铺开纸，磨好墨，拿起笔，就佘起脑壳写，写呀写呀，笔杆像舂碓，字像蚂蚁子爬，写得飞快，转眼工夫，就写了几大篇。姑娘看看这个，又看看那个，给他们送茶送水。他们两个都能干，心里都喜欢，就不知那个取种子的后生怎样了。

读书的后生写了九十七篇文章，还剩三篇就写完了。他抬头看那门口射柳叶的后生，还有半边树叶未射呢；又想那取种的后生，来回要走很多路，这时还不晓得在“哪里哪”①。他越想越得意，恰好姑娘送茶进来，就很得意地唱：“百篇文章剩三篇，门前柳叶剩半边，要等取种人来到，我俩夫妻已团圆。”

正唱着，远远地听到有锣鼓响。姑娘就走出去看，原来是取种子的后生，背着种子、敲着锣鼓回来了。姑娘见他满头大汗，憨厚老实，确实是个好后生。他走进家，放下包袱打开来，庄稼种子都齐全，另外还有各样树种。姑娘看他是个有心劲的人，会过日子会当家，就转身对那个读书的后生唱：“吃了茶来茶杯空，对门锣鼓响咚咚，有缘千里来相会，无缘对面不相逢。”那个书生听了，很不服气地对着姑娘唱：“文章写了九十七，脚踩门枋是我的……”取种的后生刚进门，听见姑娘和书生这样对唱，就接着书生的话唱：“哪怕只差一步远，你也只好干着急。”那个书生一点办法都没有，怄得气臌气胀的。还是那个打山的后生想得开，对着大家唱了一首歌：“你的文章剩三篇，我射柳叶剩半边，千里取种先到手，不是天缘是人缘。”

---

① 哪里哪是“云南吹唢呐，还在哪里哪”的简称，意思是还隔得很远。

从姑娘最后的抉择能够看出，民间女性对待婚姻的态度是慎重而大胆的。故事中，巧女选择伴侣的结果代表了老百姓选择配偶的基本标准，即踏实诚恳、灵活能干和重视爱情。对讲求实效的老百姓而言，看重夫婿的品性和能力是理所当然的，因为它们是日后安定生活的基本保障。但女子先天的敏感多情又使她们注重婚姻中的情感含量，所以在选婿故事中，才能刻意忽略现实因素的约束，放纵女性对婚姻的想象，让那些出身贫贱但饱含情意的人成为选定的对象。

五、用小钱巧女善发家

巧女珍惜财物，善用小钱发家的故事也是以展现巧女处事能力为主的一种故事。这类故事叙说的是公公或婆婆如何从多个（三个或四个）儿媳中挑选出接管家政、并能发家致富的接班人的故事。被用来作为测试的难题基本上是如何妥善使用小钱以累积财富的。故事中可供使用的事物经常是容易被人忽略的东西，如一颗黄豆、三个铜钱、蚕纸等。这里我们不妨再讲两个小故事，让大家真切体会一下巧女们勤俭持家的非凡能力。

《谁当家》[①]：

从前，有个老头，成天丢三落四，拿簸箕扔笸箩，觉得自己的脑筋越来越不够使唤了。老头有仨小子、仨儿媳妇，他想

---

① 《石家庄地区故事卷·耿村民间故事集》（第三集），藁城市民间文学三套集成编委会（内部资料），1988年10月，第580、581页。

把家交给儿媳妇来掌管，可是交给谁呢？平时妯娌三个都是光干现成活，也看不出谁最会过日子。他想来想去，想了好些日子。一天，老头把三个儿媳妇叫到上房，对她们说："你妯娌仨来咱家这么几年了，我没价物件给你们。我还放着三个黄豆，今儿个每人给一个。"

大儿媳妇拿了黄豆，心想，一个黄豆能干个吗？抬手就把豆扔进了梳妆匣子里。二儿媳妇吗也没想，放在火上烧了烧吃了，一边嚼还一边说："豆是挺香，就是一个，有点不够。"三儿媳妇在窗户跟前刨了一小片地方，把黄豆种上，今儿个看看浇点水，明儿个瞅瞅薅薅草松松土，到秋后，收了有几十颗黄豆。到了第二年，把头一年收的豆子种上，到收秋，收了一升黄豆。第三年，收了五升。

这天刚收完秋，老头把三个儿媳妇叫到一块，先问大儿媳妇："你那个豆子哩？"大儿媳妇回答说："爹，我寻思一粒豆子能干个吗？就把它丢在梳妆匣子里了。"二儿媳妇还没等公公问，就扯着嗓门说："爹，那黄豆粒子，我早烧着吃了，怪香的。"老头听了摇摇头，叹叹气，又接着问三儿媳妇。三儿媳妇说："爹，我把豆子种上了，头一年收了有几十颗黄豆，第二年收了一升，今年收了五升豆子。这不，我把豆子掂来了。"三儿媳妇说着把黄豆拿给公公。大媳妇二媳妇一看，都臊红了脸；老头一看，乐得胡子直颤悠，当下把二十四把钥匙交给了三儿媳妇。

《选当家》①：

在灞河两岸，流传着这么一首歌谣："长翅飞，长腿行，有啥本事成啥精。凭耍花样把人哄，终有一日坏事情。"

有位老太太，生了三个儿子，三个儿子都在外边做生意，每月捎回不少银子。家里的日子过得红红火火，可是老太婆年纪大了，手脚不听使唤了，当不了这个家了。三个媳妇，让谁来当家呢？老太太想呀想的，就把这三个媳妇叫到跟前，给每个媳妇一张蚕纸，说三个月后谁的蚕养得好，就让谁当家。

大媳妇接过蚕纸，心想：要是当了家，不缺银子花，不缺好的吃，人前说话气长，人后做事胆正。二媳妇接过蚕纸，心想：若当了家，就像戴顶乌纱帽，今日这里逛，明日那里游，自由自在的，银子在自己手里掌着，先给私房里存些，不怕一辈子过不了红火日子。三媳妇接过蚕纸，啥也不想，把蚕纸暖在被窝里，一天看三回，三天看九回，又怕冻着，又怕热着，就像经营月娃子一样。

三个月以后，老太太把三个媳妇叫到堂前，问谁的蚕养得最好。大媳妇眉开眼笑，进屋端出两篮蚕茧。那蚕茧又肥又大，连老太太活了六十多岁也很少见过。大媳妇把她如何暖养，如何养大，说得头头是道，十足一个能手。大媳妇刚说毕，二媳妇从自己的厦房里取来一卷绸子，光溜溜的好看，说她不但把蚕养成了，还抽了丝，织成了绸子。只有三媳妇，低

① 《中国民间故事集成·陕西卷》，中国 ISBN 中心，1996 年 9 月，第 634、635 页。

着头，红着脸，半天不言语。婆婆问她，她羞愧难言，说："婆婆呀，我生来就是笨人，不如大嫂二嫂。别说把蚕养好，把蚕纸暖了三七二十一天，连出来也没出来呢！"

老太太听着听着，点了点头说："老三媳妇，这个家婆婆就交给你当了。"

在《谁当家》中，巧女（小儿媳妇）能够在公公的测试中胜出，凭借的不是应变的机敏，而是对家庭事务的熟悉以及勤俭持家的品行。她没有轻视公公交给自己的一粒黄豆，而是根据自己的经验，将黄豆种在窗前，并且辛勤地耕种，这样轻易地战胜了大儿媳原封不动的忽视和二儿媳的贪吃。与前面这个故事不同，虽然《选当家》中，巧女面临的同样是妯娌间的竞争，但帮助她赢得比赛的不仅是勤劳，更多的是诚实的态度。婆婆交给妯娌几个的蚕纸，实际上是无法孵化出蚕宝宝的。然而，由于大儿媳和二儿媳没有亲自暖蚕纸，自然不知道它无法被孵化，所以在测试中，她们拿出的蚕和绸子，恰恰成为说明她们投机取巧的最有力的证据。因此，在这个故事中，让长辈们做出最后决定的不只是巧女的持家能力，更为重要的是她诚实可靠的品性。无论是能够勤俭持家不忽视财物的一点一滴，还是诚实地对待所有的人与事，巧女们表现出来的优秀品质都是符合农家生活理想需求的。

善言辞巧解难题

这一大类巧女故事重点展现的是女主人公在言辞运用和语言表达上的突出能力。依据故事讲述事件的性质也可以将其划分为五种：妙语巧避讳、巧答无理问、智免赌债、联句得胜讽公婆、巧将恶兆化吉兆。

一、妙语巧避讳

在避讳故事中没有明显的巧拙相伴，巧女们多是以儿媳和妻子的身份出现，她们的智巧体现在孝父尊夫的言辞上，即她们会在日常生活中刻意避开公公或丈夫名讳。巧女刻意所避讳的，通常是不雅之名。这类故事流传的范围也非常广泛。我们在这儿先讲一个故事，让大家看看巧女们是如何妙语避讳的。这是流传在河北省张家口市的故事《张老九夸儿媳》①：

有个村的人起名字都爱带“九”字。一天，这个村的张老九、王老九、李老九仨老头坐在一块喝酒。张老九说：“我家的儿媳妇又懂大礼，又聪明。知道我叫张老九，她说话世年②不带九。”王老九、李老九听了嘿嘿一笑说：“咱们老哥仨打个赌，看你儿媳妇说话带九不带九！”

---

① 《民间文学三套集成河北卷·张家口市下花园区资料本·故事》，下花园区民间文学三套集成办公室编，1986年12月，第254页。

② 方言，意思是永远。

到了九月九这一天，王老九、李老九拿着韭菜，提留着酒，一进门说是来找张老九。碰巧张老九不在，他俩拾起①就走了。张老九回家后，儿媳妇告给他："今天重阳节，王三三伯、李四五叔一人提着扁扁菜，一人提着连盅数，来请您去陪客。"张老九听完，回身开开门，叫进蹲在窗根下听着的王老九和李老九，哈哈一笑说："咋说，不是我夸口吧？我儿媳妇就是懂大礼，说话世年不带'九'。"

儿媳获得"聪明"的称赞，是因为她在日常生活中懂得规避公公的名讳；而获得"懂大礼"的称赞，则是因为她的行为能够长时间地持之以恒。通过这个故事，我们能够看出，在避讳故事里，巧女们面临的实际上是传话的难题。她们多数是因为家人的赌约，而要传达包含多个禁忌字及其谐音字的信息。巧女在不知情的情况下，遵循了自己对家人一贯的尊重，在碰到禁忌词语，哪怕是一些同音或近音字，她们都会依照当地习俗，拆分每个禁忌谐音字。比如在《张老九夸儿媳》中，聪明儿媳妇以重阳节替代了九月九的日期，用数字拆分的方法把"九"字拆解为三三和四五，又依照形状和性质把与"九"谐音的韭菜和酒分别说成扁扁菜和连盅数，既完整地传达了信息，又没有触犯任何"禁忌"。

除了这则故事避讳"九"之外，在其他故事中还有对"六"和"犬"等名讳的规避。在有些避讳故事中，直接讲明

---

① 方言，意思是拔腿。

了避讳"六、九、犬"等人名的原因——这些名讳在当地方言中的读音或实际含义与"狗"相同，所以才会发生儿媳避讳家翁名讳的事件。以此推断，这些故事大部分流传在中国南方的广东等省，这与故事所提供的传承信息一致。另外，还有一些没有讲明避讳原因的故事，从采录地看，没有明确的地域限制。应该说，这类巧女故事具有一定的伦理教化功能。这是民众对社会孝悌伦常的想象，故事特意设置不雅的名讳，突出对日常礼仪规范的强调，以表明民众对敬老或敬夫的看重。巧妇的智巧必须符合这种观念才能被人称颂，为己为家添光。

二、巧答无理问

答无理问故事，在展现女主人公语言表达和随机应变能力的巧女故事中，数量比较多。该类故事中出现的难题是要回答挑衅者的刁难问题，即询问某种行为的数量或意图，比较常见的有：一天锄多少下地、一天栽多少棵苗、上马还是下马等。与难题相对应，巧女破题的方式也有两种，即反问法和求证法。反问法就是不正面回答对方的提问，而按照对方提问的方式向他提出另一个问题，以便让他知难而退放弃追问。求证法则与之相反，巧女会正面回答对方的提问，但要求对方去证实自己答案的正确度，以此让他知难而退放弃追问。一般来讲，在回答意图问题时，巧女通常只采用反问法；而在回答数量问题时，两种方法都有出现。可见，反问法是这一类巧女破解难题的主要方法。

最让人感觉痛快的是，巧女会在巧答无理问之后，再用自己的言语武器予以反击。由于前来挑衅的对手经常有某项人为或天生的外在特征，巧女就利用这些特征，与某些牲畜的特征联系在一起，暗示对手像畜生。比如，有的人捂着半张嘴与牛或羊兜着粪兜的样子很像，而有的走路外八字则与王八走路的样子相似，等等。譬如在《难难他》[①] 这个故事中，农人的妻子不仅用反问的方法应答了无理问题，还以隐语嘲讽了恃才傲物的秀才，让他羞愧而去：

从前有一个秀才。他自以为很聪明，常常要出一些难题目去刁难别人，显示自己的本领。有一天，他骑了马出去游春。走到一处，看见有一个农人在田里插秧，他就勒住马问道："喂！种田的，你从早起到现在，插了几墩秧？"农人被他一问，竟呆住了，吞吞吐吐地说："这倒说不上来。我只顾不停地插，从来也没有数过。""哼，真是木瓜！"秀才轻蔑地说，"亲手插的秧，怎么连数目也不知道呢？"说完，抖抖缰绳，得得地跑开了。

农人无缘无故被秀才羞辱了一下，心里很气。他回到家里，把这事告诉了自己的妻子。他的妻子是一个聪明人，听了这话说："明天如果他再来，你就反问他一下：你骑着马从早晨走到现在，可知道走了几步。看他能不能回答。"农人一听，高兴得拍着大腿说："对，也让我难难他！"第二天，秀才骑着

① 鲍放编：《巧女的故事》，上海文艺出版社1981年，第24～27页。

马从原路回来。他看见农人还在那里插秧，又勒住马，得意地喊道："喂！插秧的，今天你能回答了吧？从早晨到现在，你插了几墩秧？"农人因为预先有了准备，不慌不忙地回答说："秀才先生！对不起，我是有规矩的：逢单日只许人家问我，不许我问人家；逢双日就反一反，只许我问人家，不许人家问我。今天正好是初四，还是让我来问问你吧！"

秀才一想，自己经、史、子、集读过不少，天文、地理也略知皮毛，有什么问题不能回答呢？就大模大样地说："你要问尽管问。你不知道的，我还能不知道吗？"农人说："你骑着马从早晨走到现在，一共走了几步？"这个问题，秀才哪里答得上来？他羞得满面通红，结结巴巴地说："这个……这个我倒没有数过……"农人顿时哈哈大笑说："可见木瓜不止我一个，还有人和我配对呢！"

秀才气得要命，咬牙切齿地说："我不相信你有这样好的肚才，一定是人家教你的！"农人说："这和你有什么相干？反正又不是秀才教我的，是老婆教我的！"秀才是一向瞧不起女人的。他一听这话，更加不服，怒气冲冲地说："哼，女人能有多少学问？不是我吹牛，我只要用半张嘴，就能斗过她们！"农人冷笑一声说："那么，那么试试看吧！"秀才一心要争回自己的面子，就问明了地址，骑着马到农人家里去了。

他为了要显本领，用一张膏药把自己的嘴巴封住了一半。他到了农人家里，看见农人的妻子正在灶上烧菜。他一脚踏在门槛里，一脚踏在门槛外，同农人的妻子说："聪明的大嫂，你知道我现在是要进来，还是要出去?”农人的妻子把他上下打量了一番，知道他就是那个专门刁难老实人的秀才，拿起菜刀，反问道：“秀才先生，你知道我是要切菜，还是要切肉?”秀才回答不出，只好转变话题。他四面一看，问道：“大嫂，你丈夫怎么不在家?”农人的妻子说：“他耕田去了。”“在哪里耕田?”“在灶梁头耕田。”秀才一听，故意大惊小怪地喊道：“大嫂，不好了！牛屎从灶梁头滚下来，落到饭锅里去了！”农人的妻子不慌不忙地回答道：“不要紧，这头牛屁股上贴了膏药，不会随便拉屎的！”一句话把秀才羞得满脸通红。

他连忙把贴在嘴上的膏药撕下来，丢在地上。农人的妻子见了，又说：“秀才先生，我的丈夫就要回来了。他是最讨厌你们这种人的。你快走吧！”秀才莫名其妙地问：“为什么现在就回来?”农人的妻子笑着说：“你不知道吗？那头牛把屁股上的膏药弄掉了，再耕下去，在灶梁头拉起屎可怎么办?”一句话把秀才说得哑口无言。他知道再缠下去也讨不到便宜，就一溜烟地逃走了。

故事女主人公的反问方法非常有效，当秀才提出“我是要进来，还是要出去”的无理问题时，她只用“我是要切菜，还是要切肉”的类似提问就堵得秀才哑口无言。在看到秀才还不死心后，她又把秀才为了表示对她的轻视而捂住的半张嘴，与牛兜着粪兜的样子联系在一起，暗讽秀才不过就是自家使用的一头畜生。不仅轻松地解决了自己的困境，同时给予了对手更大的嘲讽和羞辱。谈到暗语嘲讽，这是巧女们在受到言辞挑衅时经常使用的反击利器。除了在《难难他》故事中出现的牲畜影射外，还有一种比较常见的就是暗示辈分。在这样的故事里，巧女常常会运用同音字或女性的生育能力巧妙暗示自己的长辈身份，借以警告挑衅者，他们的言辞已经违反了社会伦理规范。比如流传在秦皇岛地区的故事《增和桥》[1]：

一天，一个僧人和一个秀才搭伴儿赶路。他俩走到增和桥桥边，看见一个年轻貌美的女子在河边洗衣裳，就挤眉弄眼地嘀咕了一阵，以“增和桥”为题，作起诗来。僧人拍了拍秃脑袋，油腔滑调地说道：“有土也念‘增’，无土也念‘曾’，去了‘增’边土，加‘人’念个僧，僧侣人人爱，爱我钵盂两大块。左手接布施，右手端斋菜，尊声娘子随我来。”秀才听了也不示弱，酸溜溜地吟道：“有口也念‘和’，无口也念‘禾’，去了‘和’边口，加‘斗’念个科，登科人人爱，爱我文章两大块。左手托蟒袍，右手拿玉带，尊声娘子随我来。”二人说罢，得意地哈哈大笑起来。洗衣裳的女子听了，不慌不忙地用棒槌一指他俩的鼻子尖儿，一字一板地说道：“有木也念‘桥’，无木也念‘乔’，去了‘桥’边木，加‘女’念个娇，多娇人人爱，爱我胸前两大块。左边奶僧人，右边奶秀才，叫声乖乖随我来。”僧人、秀才原想讨个便宜，没曾想挨了一顿臭骂，只好夹着尾巴溜了。

女子本来在河边浣衣，却只因美貌而遭受无妄之灾——不

---

① 《中国民间文学集成·抚宁民间故事卷》（第二卷），秦皇岛市抚宁县三套集成办公室（内部资料），1987年7月，第910～911页。

良僧人与秀才的调戏。不过，巧女向来是临危不乱的。她同样以“增和桥”为题赋诗一首，而且还以“左边奶僧人，右边奶秀才，叫声乖乖随我来”的句子暗示了自己作为母亲的身份，言下之意僧人和秀才都是我的儿子，难道儿子还能调戏娘吗？这无疑是给了僧人和秀才一个迎头痛击。这样的故事不仅彰显了巧女的机智，而且让我们感受到了恶人受惩的痛快。

三、智免赌债

免赌债故事中，欠下赌债的多数是巧女的丈夫，少数是巧女的邻居或亲戚。他们往往是被人陷害而陷入困境的。而巧女帮助丈夫或家人脱离困境的方法是因循对方陷害自己丈夫的方法，诱使对方说出同样忌讳的字句，从而抵消赌债。该类故事的难题与避讳故事中的难题有相似之处，都是要避免说出一些忌讳的字句，只是免除丈夫赌债中的禁忌字句与民众遵循的伦理纲常无关，基本上都是故事人物的口头禅。比如，在本书开始就讲给大家听的《聪明的弟媳》中，禁忌话语分别是老大与老二的口头禅，即“岂有此理”和“哪有这种事情”。而在故事《兄弟仨分家》[1] 中设定的禁忌话语则是“没有的事”。我们不妨听听这个故事，重新体会一下巧女居危不乱的镇定和四两拨千斤的机巧：

从前，有兄弟仨，分家时，老大老二想沾光，不想叫老三

① 《中国民间文学集成·武安民间故事卷（续集）》，河北省武安县民间文学集成编委会（内部资料），1988 年 4 月，第 474 页。

得财产，就出了一个主意。他们对老三说："咱分家，要图个吉利，谁也不能说'没有的事'，谁要说了，家产没有他的份儿。"停了一会儿，老大说："黑夜听见贼偷咱家水井哩。"老二接着说："我也听见了，水还哗啦哗啦响哩。"老三听了心想：这不是胡说哩？顺口就说："没有的事。"老大老二一听都说："你说了那句话了，家产没你的份儿了。"

老三知道上当了，生着气回到屋里。媳妇见他啥也没分回来，就问他咋回事哩。老三就把这个事说了一遍。媳妇说："你上炕躺着吧，让我去。"老大老二见老三媳妇来了，就问："老三不来，你来干啥？"老三媳妇说："老三回去生孩子啦，不能来了，我来替他。"老大老二听了笑道："没有的事。"老三媳妇一听，马上说："大哥二哥也都说了那句话了，家产该是我的了。"老大老二一下子没话说了，只好三股平分了。

四、联句得胜讽公婆

婆媳或翁媳之间产生摩擦是民众日常生活中常见的事情。但联句得胜故事把这种常情夸大到极致，让公婆和儿媳成为公堂上的对头。故事通常是讲家中的妯娌几人在一起联句，被公婆听到误以为儿媳聚集在一起咒骂自己。于是就把媳妇们告上官府说她们忤逆。为了证实自己的清白，妯娌们在官吏面前联句，使得公婆败诉受到责打。媳妇们看到这种情景，通常会再以公婆被打为主题联句，讽刺公婆的诬告。到底儿媳用什么联句就安然脱困了呢？我们来看一个典型的联句得胜故事《妯娌四个吟诗》[1]：

从前有个老婆婆，她有四个儿子、四个媳妇。这四个媳妇都是嘴有一张、手有一双的人。有一天，她们到地里做活。大媳妇说“东边起了云”，二媳妇说“西边起了风”，三媳妇说“起风要下雨”，四媳妇说“细雨要收工”。

正在这时，婆婆来了，心想：她们在那里叽叽咕咕的，必定是骂我。就问：“你们说么事?”四个儿媳都不理她。婆婆为了抖威风，就到县官那里去告状。县官老爷把婆媳五个都传去当堂审问：“你们为么事骂婆婆?”妯娌们说：“老爷，我们是说四言八句，不是骂人。”县官说：“你们既然会说四言八句，那就以我堂下的杏树为题说给我听听。”妯娌们说：“老爷，你听着。”大媳妇说“老爷堂下一棵杏”，二媳妇说“杏儿长得嫩”，三媳妇说“春天就开花”，四媳妇说“开花就结杏”。县官点头说：“这四句说得好！你们再以我的白马为题说一个四言八句。”大媳妇说“老爷的白马生得烈”，二媳妇说“身驼鞍子口含铁”，三媳妇说“青天太爷背上骑”，四媳妇说“文武四处都来接”。县官说：“你们四人果然有口才，这分明是老婆子诬告。”便叫衙役把婆婆拖下去打了四十大板，再把婆媳五人一同放回家。大媳妇在路上说“我们是吟诗”，二媳妇说“她要说是骂”，三媳妇说“这状告得好”，四媳妇说“挨了四十下”。从此以后，这个婆婆

---

① 《湖北民间文学资料汇编之三·湖北民间故事传说集》，中国民间文艺研究会湖北分会、湖北省群众艺术馆编，1981年2月，第54、55页。

再也不敢虐待媳妇了。

故事虽然以吟诗为标题，但妯娌四个的四言八句并不是我们以为的诗词，她们只是用日常口语将自己见到的事物一人一句描述出来而已。有意思的是，故事故意淡化了伦理规范，把婆媳争斗处理成单纯的敌我关系。这样一来，巧女们的脱困和反击就不会触及伦理规范的禁忌之门，只让人感觉有趣痛快，而不会质疑她们的行为准则。与之前的巧女故事相比，这类故事最引人注目的是：故事中的巧女不再是孤身一人，而是一群妯娌有福同享，有难同当。巧女们同时受困，又依靠大家的努力同时脱困。由孤军奋战转为集体行动，大家的力量汇集一处，让恶意挑衅的公婆铩羽而归。巧女们解困的方法有时也会因现实需要而有所变动，比如在《妯娌四个吟诗》中，妯娌们在用联句证实清白时，就会假意奉承断案的县官，以便能早日脱困。不过，令人感到最痛快的是她们对婆婆的讽刺，让婆婆心生畏惧，从此再也不敢虐待她们了。

五、巧将恶兆化吉兆

重解预兆故事在善言辞类巧女故事中是比较少见的一个种类，故事的结构也相对简单。故事的大致情节是：男人在赶考前见到或梦到不好的事情，就认为这些事情预兆自己将要落榜或者遭遇危险。巧女重新解释了这些事情的含义，让男人认为这些都是吉兆，于是男人就放心赶考了。比如，在《圆梦》[1]这个故事里，五姑娘就巧妙地将表兄的梦境由表嫂以为的恶兆化解成预示高中和官运亨通的吉兆。

五姑娘的一个表兄是秀才，要进府城考进士。五姑娘的爸爸妈妈就吩咐她为表兄送行。送行清早，五姑娘就来到表兄家。一进门，见表兄表嫂没精打采地坐在那儿，谁也不言语，心里十分纳闷儿，就问："表兄今儿个去府城考取功名，本是大喜事儿，你们两口儿为啥不高兴呀？莫非表兄舍不得离开表嫂，还是打了架，拌了嘴？"表嫂说："嗨，啥也不是，是你表兄昨儿个夜里做了一个梦。今儿个早晨跟我一说，我说这个梦不吉利，他就闷闷不乐了。"五姑娘问："表兄，你做得啥梦呀？说给我听听，兴许我能给你圆圆。"

表兄说："我梦见我在墙头儿上扶犁种地。"表嫂说："墙头儿上只有二尺来宽，这不是有去无回嘛！"五姑娘说："表嫂，你说错了，这是个好兆头，这叫必有高中（种）。我看表兄此次科考，必中进士。"表兄一听挺高兴。表嫂也说："还是五妹说得对！"表兄又说："我还梦见我睡觉的屋地下，放着一口大红棺材，这该咋圆啊？"表嫂说："这还用问，只有人死了才进棺材呢！梦见棺材，肯定不吉利。我看你表兄这次出门

---

① 秦玉林、王国新主编：《韩老大和五娘子的故事》，河北省唐山市民间文学三套集成办公室（内部资料），1986年7月，第173、174页。《圆梦》中，男人是巧女五姑娘的表兄，且已经娶妻，所以这则故事中的结局只有五姑娘的表兄考中状元，而没有"娶妻"的母题。

儿，定是凶多吉少。”五姑娘说：“表嫂，你又说错了。表兄在炕上睡觉，头朝屋地，屋地上放着一口大红棺材，这叫大官（棺）临头哇，更是个好兆头！”表兄一听，变高兴了，忙拿起妻子为他收拾好的包袱，背在肩上，然后吩咐书童挑着书箱，欢欢喜喜地上了路。

与上面讲述的几类故事相同，重解预兆故事重点展示的，仍是巧女的语言表达能力和随机应变能力。故事中，巧女有了新的任务，即不再面对他人的恶意挑衅，而是要协助家人化解恐惧。可能有的读者朋友会问，这类故事当中的宿命信仰是不是过于浓厚了？会不会就此掩盖了巧女的身影呢？宿命的信仰的确贯穿了故事，不过，如果我们将民间故事看成老百姓对自己日常生活的一种形象化的表达，那么就能够理解为什么现实生活中的这些复杂成分会在故事中出现了。不过，我们可以暂且将其中传达的宿命观念放置一旁，而将自己的关注点集中在女主人公身上，那么我们就会发现这类故事的特殊之处在于：故事让巧女把握了所有行动的主动权，她把所谓的恶兆诠释成预示锦绣前程的吉兆，让家人按照她所设定的思维方向思考与行动。可见，巧女在整个事件中不再是以往被迫出面的代言人，而成为解困的协助者和行动的发出者。颠倒吉凶竟然如此易如反掌，这还不足以说明巧女的聪慧吗？她们的灵变又怎么会被其他的事物隐匿住呢？

勤思索不畏艰难

此类故事用勤思索命名，是因为女主人公在这类巧女故事里展现了非凡的理解能力和应变能力。平心而论，几乎所有巧女故事都在不同程度上褒扬了巧女们的随机应变，但在这类故事里，巧女们面对的是常人无法完成的艰难任务和难以解开的深奥谜题。她们能“轻松”应对完全依赖于这些聪慧女子的善于思索。依据故事讲述事件的性质和难题种类可以分为以下六类：

一、妙寻公牛犊或公鸡蛋

妙寻公牛犊或公鸡蛋是世界范围内相当常见的巧女故事种类，通常是讲一个有权势的人要求一个男人，在一定时间内交出不存在的事物。男人无法按时完成要求，女人就让男人躲藏起来，然后告诉有权势的人，男人去做不可能做的事，让有权势的人自己说出要求是无理的。就目前掌握的中国故事资料看，出现的难题是要求被考验者寻找实际上不存在的事物，主要包括公牛犊、公鸡蛋、话柄、公牛奶和笑话本儿，其中前三项事物出现的次数较多。与难题内容相对应，巧女破解难题的方法仍是一以贯之的以其人之道，还治其人之身，即用同样不存在的事情，如男人生孩子、坐月子，刨风根等，诱使考验者言明难题的无理性。下面我们不妨看看两则故事，看看巧女们如何在各自艰难的境地中妙寻这些本来在世间并不存在的事物。

《小女驳天子》[①]：

从前，有一个皇帝听信奸臣谗言，将忠臣贬家为民，并出一道难题，让他做一块蒙天布，拿出一百个公鸡蛋献于朝廷，否则三日之内定斩不饶。这位忠臣在家做起了大难。做一块蒙天布，谁知道该多大，公鸡蛋又到哪里去找？无奈只有待着等死。孙女见他整天愁眉苦脸，上前问："爷爷，这两天为啥不高兴？"忠臣摇头叹气："唉……小小顽童之辈，怎能理解爷爷的苦处，告诉你也没有用。""怎么能说没有用，说不定我能替您出个主意呢。"见孙女一直追问，忠臣就将这件事告诉了她。小孙女一听，不以为然地说："我当是啥了不起的事呢，明天我上朝面见圣君。"

第二天，皇帝在殿中正与文武百官商议大事，守门军跪倒磕头："报万岁，门外有一小女求见。"皇上一愣，这小女找我有何事？于是对守门军说："宣她进来。"小女孩进来跪倒磕头，口呼万岁，并通报了自己的姓名。皇上问："你到此有何贵干？"小女孩道："听说叫我爷爷做一块蒙天布，拿一百个公鸡蛋，这也不知道是谁说的。"皇上回答："就是本王我说的。"小女孩说："既然是皇上说的，那么请问万岁，做一块蒙天布容易，可天下到底能蒙多少郡、多少县呢？"皇帝无言对

---

① 张增林主编：《中国民间文学三套集成·邯郸地区故事卷》（下册），中国民间文艺出版社 1989 年，第 110、111 页。

答，就故意推托说："小小顽童竟敢戏弄本王。你爷爷为何不来？他在家做什么？"小女孩说："我爷爷在家生孩子呢。"皇上听了哈哈大笑："小娃娃懂得什么，男人怎能生孩子呢？"小女孩马上反驳："既然男人不能生孩子，难道公鸡就能下蛋吗？""啊……这……"皇上张口结舌，对答不上。无奈何，只得免了那位忠臣的无辜之罪。

《借笑话本儿》[①]：

盟兄弟俩从小在一块拾柴火，歇着时盟哥就给盟弟讲笑话。原来盟哥的笑话都是盟嫂讲哩。盟哥是个浅盘子嘴，肚里存不住货，到地里就讲给盟弟听。盟弟越听越爱听。

有一回，盟弟问盟哥："你哩笑话有本儿吗？"盟哥说："有哎。""叫我看看吧？""行喽。""明早儿我去拿。""沾。"回到家里，盟哥犯了愁。盟嫂见了忙问："往常回来，都是嬉笑话生哩，今儿个怎么愁眉苦脸哩哎？"盟哥说："别提啦。"于是，就把盟弟借笑话本儿的事说了说。盟嫂听了，笑着说："芝麻点儿的事看把你愁哩，明天早上你只管睡觉，我给咱盟弟说。"第二天一大早，盟弟来拿笑话本儿，进门就喊："盟哥在家吗？"盟嫂见了忙说："恁盟哥不在家。""干吗去哩？""早起趁潮上地里打露水籽去了。""露水哪儿有籽哎！""笑话哪有本儿哎！"

一句话儿说哩盟弟傻了眼，哭着从盟哥家里走出来。正赶

---

① 《河北民间文学丛书·宁晋县故事卷》，中国民间文艺出版社 1989 年，第 279～280 页。

上一个县官从这儿过，听见小孩啼哭，忙停下轿子，问小孩儿为嘛哭。盟弟一学，县官说："看我哩，捂着半张嘴就能说住她。"县官真哩捂了半张嘴，到了盟嫂家，也是进门就喊："盟哥在家吗？"盟嫂见是生人音儿，就隔着窗户一看，认不哩。见来人还用手捂着半块嘴，后边跟着小盟弟，心里就明白了，忙说："恁盟哥不在家。""上哪儿去哩？""赶着大黄牛在锅台上耕咱那二亩地哩。"县官听了笑着说："你也不怕牛往锅里拉粪吗？"盟嫂忙说："不怕，不怕，堵着半块牛屁股眼子哩！"

上面两则故事非常典型地反映了妙寻公牛犊或公鸡蛋故事的一个特点，即不同身份的考验者提出的任务要求是不同的。常见的皇帝、官吏（多是县官）、财主等有权势的考验者，一般要求的是寻找公牛犊、公鸡蛋和公牛奶。虽然能够明显地体会到，这些事物也是由生活常物引发出来的，不过这种任务的艰难更主要地体现在任务的必须完成上。如在《小女驳天子》中皇帝听信谗言而要求忠臣解答的难题就是"拿出一百个公鸡蛋献于朝廷，否则三日之内定斩不饶"。而像公公或朋友等一般的考验者，提出的"无理"要求则大多是日常交际中常见的事物，如《赔话柄》[①] 中的话柄或《借笑话本儿》中的笑话本儿等。这些任务的艰难表现在如何处理亲朋好友的情面和关系上。

---

① 《民间趣事之一：穷秀才的故事》，东方文化书局（台北）1971 年，第 147 ~ 150 页。

二、以难制难不求人

这类故事通常是由“不求人”引发开来的：男人对自家女人的持家能力非常满意，于是就题写诸如“万事不求人”、“无烦恼”等对联或牌匾宣扬自己的得意。外人看到或听说后觉得不服气，就上门出了有悖常理的难题。这时，女人告诉家中的男人或女人自己要求提供可以完成难题的工具或相应的数据，外人无法提供，于是，女人的聪明被认可或得到称号。比如，流传在福建仙游一带的《无烦恼》[①]，就是其中比较典型的一个故事：

从前，仙游县枫亭镇九社村有一个员外，他五十大寿那年，想试试女婿是否聪明，就对回娘家的女儿说：“阿爹做寿，无须什么厚礼，只要‘天上月’、‘地下爬’、‘半天叫’、‘纸包火’四样礼物就行了。”女儿听后，感到很为难。员外女儿在回家的路上，越想越烦恼，不禁蹲在路上哭了起来。一位在河边洗衣的姑娘见她哭得悲伤，上前问：“请问姐姐，什么事情这样伤心？”员外女儿把为父亲做寿的事说了。姑娘听后说：“这样的小事，你不必烦恼，我告诉你，天上月就是红团[②]，地下爬是寿龟[③]，半天叫是鞭炮，纸包火是灯笼。”员外女儿

---

① 《中国民间故事集成 · 福建卷》，中国 ISBN 中心，1998 年 12 月，第 721 ~ 722 页。

② 红团：仙游县民间用糯米做馅的一种红色年果，形状如圆月。

③ 寿龟：一种用白米做成的龟形米糕，常用于祝寿或孩童满月的礼品。

听后，转哭为笑，谢过姑娘，高兴地回家了。

做寿那天，员外的女儿办了四样礼物，回家为父亲祝寿，又把回家路上的事告诉了父亲。员外听后忙问："那姑娘容貌如何，家住何处，你可记得?"女儿回答："记得，那姑娘长得很标致，就住在隔壁乡。"员外听后暗想："要是我有这样一个聪明的儿媳妇，可就无烦恼了。"后来员外果然请人提亲，娶了这位姑娘做儿媳妇。儿媳妇十分孝敬上辈，样样聪明，事事能干，员外心满意足。过年时，员外在大门上贴了"无烦恼"三字做春联横批。

当年元宵夜，县官赏灯路过员外家门口，见到"无烦恼"三字，心里想："我身为县官，还常常烦恼，就是当今天子也有烦恼，小人家，竟敢如此口出大言!"第二天，员外收到了县官送来的"请帖"，说三天后县官做生日，要员外代办两样礼物：一是怀孕的公牛，二是山大的寿龟。这么一来，员外可烦恼了，整日唉声叹气，闷闷不乐。儿媳妇得知此事后，安慰说："爹爹不必烦恼，到时我自有办法，请爹爹尽管放心。"

一转眼三天过去了，县官亲自来请员外"赴宴"。员外早已躲了起来，儿媳妇对县官说："我公公前日分娩，无法迎接老爷，请老爷多多包涵。"县官听后发怒说："胡说！男子怎会分娩?"她不慌不忙回答道："请老爷息怒，男子不会分娩，哪里会有怀孕的公牛?"县官无言以对。她又接着说："我公公说：请老爷把门前那座山称一称，看有多重，才好让我下来做'龟'与老爷贺喜!"县官听后，哑口无言，只好作罢。从此以后，这个村就叫做“无烦恼”。

上面这个故事可能会给读者朋友们带来一个疑问：为什么以难制难不求人故事中也会出现“公牛犊”这样的难题呢？如果难题相同，那不就应该是同类的故事吗？如果你有这样的疑问，那说明你是一位非常敏锐的读者。以难制难不求人与妙寻公牛犊或公鸡蛋故事在结构上确实是非常接近的。不过，在具体的情节安排和多数难题的表现形式上，有比较大的差别。这类故事的开头部分基本上都设置了“巧名外传”的情节，以此作为故事难题的引发原因。外传的形式一般是由巧女的家人题写自夸性的牌匾或对联等。这种自夸引起外人的好奇或不满，进而以难题测试，因此，该类比较典型的故事也常以这些牌匾所题内容为名，如《万事不求人》①、《免烦恼公》② 等。可见，这类故事的考验意图是以测试巧女机智为主的。故事中的难题虽然也是要求被考验者完成某项有悖常理的任务，但重点在数量上而不是寻找不存在的物品，比较常见的有：织路一样长或天一样大的布，养一头山一样重的猪或牛，酿海水一样多的酒或油等。巧女采取的解题方法同样是以难制难，即要求考验者提供完成任务所需的工具或数据，如测量路长的尺子、称重的秤或装酒的瓶子等等，使考验者能够知难而退。

---

① 《民间文学集》（第四辑），凤翔县文化馆整理（内部资料），1983 年 12 月，第 15、16 页。

② 林兰编辑：《民间趣事之一：巧舌妇的故事》，北新书局（上海）1933 年，第 62 ~ 65 页。

三、解两难巧妇赢夫婿

如果说以往的故事展现的是巧女们临危的机巧，那么解两难故事中凸显的则是这些女子生活的智慧。为什么会有这样的评价呢？这要从故事中出现的有两种“禁忌”难题说起。第一种作为“娶妻”前提或条件的两难之题，即行动的禁忌，如：既不能走又不能跑来，既不能穿衣又不能裸体，既带礼物又没带礼物，到达后既不能在屋内又不能在屋外，等等。第二种是“娶妻”之后所设置的难题，即工作禁忌，不能参与丈夫的工作。面对前一种禁忌难题，巧女的聪慧展现在对禁忌的躲避上；而面对后一种禁忌难题，巧女的聪慧则展现在违禁后对惩罚的躲避上。巧女解决两种禁忌难题的方法，是找到不触及禁忌的第三种行为。那么，巧女如何规避禁忌嫁与佳婿，又如何在婚后闪躲惩罚保住婚姻呢？我们来看看流传在四川地区的故事《翠莲拿夫》①：

从前，南山坡上住着父女俩。他们日子很苦寒，全靠老爹爹编一些竹货卖了来维持生活。老爹爹的独生女儿叫翠莲，人很漂亮，已经是二十岁的大姑娘了。老爹爹只顾求生活，不知道女儿的心事。

一天，翠莲做了两顶帽子，又在两顶帽子上分别绣了一条龙和一只凤，对她爹爹说：“爹，你明天赶场，把这两顶帽子

① 《中国民间故事集成·四川卷（上）》，新华书店北京发行所，1998 年，第 585～587 页。

拿去卖了，价钱喊大些，识货的人是肯出大价钱的。”第二天，老爹爹把女儿绣的两顶帽子拿到街上卖。由于帽子上的龙凤绣得好，很多人都围拢来看。但老爹爹要的价钱太大，没有人买。这时，县官从此路过，感到好奇，就命一差人去看一下那里在做啥子。差人回来说：“禀老爷，那边一个老汉在卖帽子。那帽高头绣了龙和凤，很好看。价钱要得大，人们围起光看不买。”县官对差人道：“去，把那老汉给我叫来。”老爹爹拿起帽子跟差人一起来到县官面前。县官一看帽子吃了一惊，那龙凤绣得像活的一样，心想这山里还有这等能干人，就问：“这龙凤是哪个绣的？”老爹爹说：“是小女翠莲。”县官想了想说：“好，帽子我买下，但我有一个条件。”县官命差人拿来一个线团接着说：“我把这个线给你，叫你女儿在三天之内给我织一匹布送来。若不能照办，可莫怪我不客气。”

老爹爹回到家里，把事情的经过给女儿说了。翠莲笑了一下。老爹爹说：“你还有心思笑？一个线团能织一匹布吗？再说我们连机头都没有，三天在哪里拿布去交呀？”翠莲连忙安慰爹爹道：“这有何难？”就对爹爹说出了自己的主意。第二天，老爹爹拿了一根树子来到了衙门。县官见了问：“这么快，三天限期还没有到呀？”老汉说：“禀老爷，布还没有织。我家女儿叫我送根树子来。若是老爷用这根树子做一个机头，我家女儿保证三天织出一匹布来交给老爷。”县官一听：“妙妙妙！”县官心里很佩服翠莲的聪明，于是请媒人到南山坡提亲，要娶翠莲为妻。聘礼送过，选择了成亲吉日。县官又提出了一个要求说："成婚那天，我不去接。我要新娘子不坐轿，不骑马，不穿衣服，自己走到洞房来。不准出错。"翠莲听了说："这有何难？"

成婚那天，翠莲用红纱裹住全身，骑了一匹骡子，来到有石狮子的县衙门，朝着"喜"字高悬、蜡烛通明的洞房走。县官问："你怎么骑骡子来呢？"翠莲说："这一不是轿，二不是马呀。"县官问："你怎么一身红纱呢？"翠莲说："我没有穿衣裳呀！"县官大喜，把新娘子从骡子上抱下来，拜堂成亲。成亲后三天，县官要上大堂问案，就对翠莲说："我去问案，你不许参言，我晓得你聪明。你若参言，我要将你休了。"翠莲点了点头。等县官上堂后，翠莲还是到屏风后面去偷听。

一个喂马的和一个喂骡子的来打官司。两人把马和骡子喂在一个圈里。喂马人的马生下了一个小马儿。喂骡子的偏偏说这小马儿是他的骡子下的。县官听了，判决道："骡子要大些，这马儿当然是骡子下的，应该归喂骡子的人。退堂！"一场官司就这样结束了。喂马人走出大堂，一直喊冤枉，骂县官是昏官。这时，翠莲从衙门出来，给喂马人打了一个主意。第二天，翠莲约县官到一个山坡上去耍。爬上山顶，县官就看见昨天打官司的喂马人穿着一条短裤，手里拿着网兜，在山上来回跑。县官问："你这是在干啥子？"喂马人说："打鱼。"县官说："笑话，山坡上打得到鱼吗？"喂马人说："回老爷，骡子能下马儿呀？"县官不开腔了。他知道是翠莲给喂马人出的主意。

回到县衙门，县官对翠莲说："我说过，在我问案的时候你不许打岔，更不准扰乱我的公务。你违背了我的意愿，现在我要把你休了，你可有话说？"翠莲说："随你的便吧。"第二天，县官写好休书，还办了酒席，为翠莲饯行。县官对翠莲说："你我夫妻一场，今天我把你休了。俗话说：一日夫妻百日恩，我不会忘记你的。现在你要走了，我这县衙门的东西，你喜欢啥子就拿啥子。"说完就喝酒去了，一直喝得大醉。

翠莲趁县官大醉，就命人将县官抬回南山坡，放在了老爹爹所睡的烂席子床上。县官酒醒后，发觉自己睡在翠莲家，觉得很奇怪，问道："你怎么敢把我弄到这里来？"翠莲说："你不是对我说凡属你衙门里的东西，我喜欢啥子就拿啥子吗？我喜欢的就是你这个人！"县官听后，觉得翠莲不仅聪明，而且多情，于是收了休书，两人笑笑和和回转县衙。

如果我们把妙寻公牛犊或公鸡蛋、以难制难不求人和解两难巧妇赢夫婿三类故事放在一起比较的话，就会发现每一类故事中其实都曾有"两难"情节的出现。不同的是，前两类故事中的"两难"是故事人物所处的情境，即故事人物处在任务的必须完成和无法完成之间。所谓任务的必须完成是与挑衅者的身份有关的，在上述两类故事中，挑衅者一般都是有权势的人，如皇帝、官吏或财主，如果被考验者无法完成任务，将会受到严厉的惩罚。而所谓任务的无法完成则与难题的内容有关，因为难题是要求寻找或制作不存在或无法短时间完成的事物，所以任务很难完成。而解两难故事中的"两难"之处就在难题本身，即故事提出的都是似是而非、让人左右为难的要求。比如，在《翠莲拿夫》故事中，县官提出的“成婚那天，我不去接。我要新娘子不坐轿，不骑马，不穿衣服，自己走到洞房来。不准出错”的要求，就是让人一筹莫展的两难之题。但在看过故事之后，相信每个人都会情不自禁地为翠莲的智慧拍手叫绝：她用骑骡子避开“不坐轿”与“不骑马”的禁忌，用穿红纱避开“不穿衣服”的禁忌，从而顺利嫁给了县官。随后，又在触犯了丈夫的工作禁忌后用带走县官避开被“休弃”的惩罚。如此巧妙地解开了两难之题，既彰显了翠莲的“智”，又满足了大众讲述这则故事时希望有情人终成眷属的期待。

四、答谜题巧妇当家

“如何持家、发家”应该是老百姓心中最为关切的要事。民众将这种关切融入了答谜题巧妇当家的故事里。因为叙述的是家庭内部的事情，所以站在台前设置谜题的人多是掌握着家政大权的公婆，其中以公公为主。既然是为了选取当家人，那么所出谜题的内容就是与家庭日常的起居运作密切相关，主要包括做衣物、做饭食和送饭食等。从难题的问答和家翁对众儿媳的评价中，透露出民间“巧划算、勤劳动”的持家与发家原则，即当家人或其继承者，必须具备勤俭的品性、经营的头脑，以及对内外家务的熟识。空口无凭，我们来看一个流传在吉林梨树县一带的故事《三儿媳妇当家》①：

早先年，有一家老两口子，还有三个儿子三个儿媳妇。大儿媳妇刁钻；二儿媳妇刻薄；三儿媳妇却聪明善良，很得公婆的喜爱。大儿媳妇、二儿媳妇总想方设法难为三儿媳妇。

没过几年，老太太死了，老头儿打算把家交给一个儿媳妇管，自己好省点儿心。谁知跟儿媳妇一说，大儿媳妇也争，二儿媳妇也抢，只有三儿媳妇不吭声。老头儿知道三儿媳妇最聪明，心眼儿又好，满心想交给三儿媳妇，又怕老大老二媳妇出说道，就想出个主意来。老头儿对老大、老二媳妇说："你俩都想当家，这样吧，我让你们做两件事。"

老头儿拿出七尺布，对大儿媳妇说："你用这七尺布给我做一件褂子，再做一条手巾。"大儿媳妇一听就傻了：七尺布只能做一件褂子，上哪儿去找做手巾的布呀！老头儿又对二儿媳妇说："也给你七尺布，给我做一个门帘子，再做一个褥单儿。"二儿媳妇一听就愣住了：七尺布只能做一个门帘子，上哪儿去找做褥单的布去！俩儿媳妇犯了难，气呼呼地说："这不是刁难咱们吗？"大儿媳妇说："老三不是最聪明吗？她要是做不出来，咱爹也就没法儿了。"二儿媳妇觉得在理。俩人就一起来到老三家屋里说："老三家呀，你看这可咋办哪？爹平时总夸你最聪明，你一定能做出来，帮帮我们吧。"三儿媳妇经不住她们的好话，就说话了："嘿，这不难！你把大襟儿做

① 《中国民间故事集成·吉林卷》，中国 ISBN 中心，1992 年 11 月，第 806～808 页。

长点儿就行了，长大襟儿就是手巾。你把褥单儿钉两个袢儿就行了，铺在炕上是褥单儿，挂在门上不就是门帘了?”老大老二家的一听就高兴了，回到自己屋里便忙活上了，做好了就送到老头儿屋里去了。

大儿媳妇拿出了一件长襟儿褂子递给老头儿，说：“爹，您穿上试试。”老头儿穿在身上，伸上袖一试，还挺合适，就问大儿媳妇：“手巾呢?”大儿媳妇一听，马上就把老头儿褂子上的长大襟儿撩了起来，就势往老头儿的嘴巴子上一擦，说：“在这儿哪!”老头儿一看没难住大儿媳妇，就问二儿媳妇：“我让你做的活儿呢?”二儿媳妇忙拿出一个褥单儿，顺手就往炕上一铺，说：“在这儿哪!”“门帘子呢?”二儿媳妇一听，就忙把褥单儿拿了起来，抓住两个袢儿，就势往门上一挂，说：“你看这不是!”“谁告诉你们的?”老头儿一看没难住俩儿媳妇，就问她们。“我们自己想的。”“胡说！我还不知道你们俩的脓水儿①。”俩儿媳妇一见瞒不住了，就忙把实情告诉了老头儿。

老头儿说：“再给你们出两个题。”先对大儿媳妇说：“你给我炒两个菜，两碟十八样!”又对二儿媳妇说：“你给我做饭，要锅上头干饭锅下头粥。”俩儿媳妇又犯难了，只好来找老三家的。三儿媳妇说：“大嫂二嫂，你们待着去吧，我给他做。”说着就动手炒了一碟韭菜，又做了一碟鸡蛋炒韭菜。又

① 脓，读音为néng，意思是本领、能耐。

用笊篱捞了一盆干饭放在帘子上，米汤放在帘子底下。开锅一看，糨糊糊粥一样。做好后，交给两个嫂子，端到老头儿屋子里。

老头儿一看，就忙说："我要两碟十八样儿，谁让你给我弄两碟炒韭菜呀？"大儿媳妇一听，也傻了，可不，老三家这不是捉弄我吗？忙说："这是老三家做的。""快叫她来！"老头儿心里明白了。看见三儿媳妇进来，就故意问："你这是怎么回事呀？"三儿媳妇说："二九一十八，两碟十八样儿，爹快吃吧！"老头笑着点点头。又对二儿媳妇说："我的饭呢？"二儿媳妇忙盛上一碗饭。老头儿吃了一口，说："不赖，做得还挺好吃。"吃了几口之后，他又说："给我来碗粥。"二儿媳妇从锅底下盛了一碗糨米糊，端给老头儿，老头儿一看就生了气："这是啥粥哇？"二儿媳妇就说："这是老三家做的。"老头儿对三儿媳妇说："你拿糨米糊来糊弄我吗？"三儿媳妇忙说："爹，当初朱元璋逃难时喝的就是这种粥，这叫'养皇粥'，越品越香。"老头儿细品品，果然余香满口，连连称赞。大儿媳妇、二儿媳妇这才心服口服地说："让三兄弟媳妇当家吧！"

如此令大儿媳妇、二儿媳妇犯难的谜题，都在三儿媳妇的手中迎刃而解。当我们为三儿媳妇喜怒不形于色的沉着而感叹时，也不妨细细想想故事究竟想告诉我们这些听者什么。前面我们曾提到，这类故事的中心事件是当家人的选择。老百姓当然希望能找到带领全家发家致富的当家人。不过，俗话讲"家和万事兴”，他们是希望能在家庭和睦的前提下完成选择。所以，虽然故事中公婆属意的当家人选是聪明善良的三儿媳妇，但作为一家之主不会罔顾可能发生的家庭秩序混乱而一意孤行。故而，才引发了谜题的设置和儿媳们的竞争。当然，真正让两位嫂嫂心服口服地说出“让三兄弟媳妇当家吧”的服输之语，凭借的还是三儿媳妇对家务的精通和破题的智慧。但作为民众心声的艺术表达，民间故事想要告诉听众的绝不仅是女主人公的聪慧，更为重要的是在叙述他们为人处世的态度和原则。

五、明暗示巧妇讽他人

正如故事类别的题目所表明的一样，“暗示”是这类故事最为显著的一个情节。一般可以分为两种：一是“礼物暗示”，即在许多故事中经常出现用实物或图画暗示巧女与丈夫之间的不般配，如葱与肉的搭配、花与牛粪的搭配等。二是“动作暗示”，这个情节出现的原因往往是为了弥补由于礼物暗示造成的后果。常见的有：给一匹马装上两个马鞍，以暗示“好女不嫁二夫”；做一些愚蠢的动作如大海捞针，以暗示还有许多和丈夫一样笨的人；将用旧的东西丢弃，以暗示丈夫有钱可以另娶。那么，我们现在来看这样一则故事《傻憨保卖牛》[1]，好好体会一下巧女们是如何巧解两种暗示，从而保护自己，反击

---

① 张增林主编：《中国民间文学三套集成·邯郸地区故事卷》（下册），中国民间文艺出版社 1989 年，第 280～285 页。

外来的恶意挑衅：

以前，有一位婆婆想难为媳妇，就对媳妇说："你回娘家去吧，给你七尺布，回去以后给我做一件布衫子，扯两个摘花褡子，缝两条布袋，再撕一块手巾，啥时候半个玉盘圆了你就回来。"媳妇听了婆婆一番话，心里真作了难，用七尺布做这么多东西，别说一个普通妇女，就是再巧的媳妇恐怕也办不到。布不够自己可以赔，可要等半个玉盘圆了的时候回来，这不是诚心不让回来，有休我之意吗？媳妇越想心情越沉重，走到半道上，就坐在路边放起了悲声。

正哭得伤心，忽听有人问："这位大嫂，有什么伤心事哭得这么悲伤？"媳妇抬头一看，见面前站着一位姑娘，看样子不过十七八岁，柳叶眉，丹凤眼，面皮白里透红，樱桃小嘴浮起笑意，说起话来声音像珠子落玉盘一样声脆音甜。媳妇看她心慈面善，就把婆婆出的难题向那姑娘叙述了一遍。媳妇说罢心想，这样的难题纵有三头六臂也会束手无策，何况你还是个小姑娘呢。

可那姑娘听完，头不摇，眉不皱，反而微微一笑说："这不难，你用那七尺布只给她做一件布衫子就可以了。"媳妇不解地问："那几样呢？"姑娘说："你看那布衫子的前后包不就是两个摘花褡子？那两个袖筒不就是两条布袋？前襟不就是一块擦脸手巾吗？"媳妇恍然大悟，遂转忧为喜。

转念一想，心情不禁又沉重起来，"那该什么时候回去呢？"姑娘说："你在娘家住到十五回去，十五是月亮最圆的时候。”媳妇心上的一块石头落了地，问清了那姑娘的姓名住址，这才千恩万谢，高高兴兴回娘家去了。转眼十五到了，媳妇拿着小包袱走进了婆婆屋里说：“娘，你叫俺给你做的东西都做好了。”婆婆想，媳妇一向忠厚老实，看她是怎样做的。于是就急忙解开包袱，见只有一件布衫，就问：“那几样呢?”媳妇拿起布衫子指着前后包说：“这是两个摘花禅子。”提着两个袖筒说：“这是两条布袋。”又指指前襟说：“这是一块擦脸手巾。”婆婆听完，顿时哑口无言，停了一会儿又问：“你怎么今天回来了?”媳妇说：“你不是叫俺玉盘圆了的时候回来吗?今天是十五，正是最圆的时候。”婆婆不禁纳闷起来，媳妇一向忠厚老实，怎么解开了其中奥妙，定是有别人出主意。于是就是去问媳妇，儿媳妇就把在路上遇见梅香姑娘的事向婆婆说了一遍。

婆婆想：这梅香姑娘小小年纪，竟这样聪明绝顶，真像是仙女下凡，实属少见。想到这里，不由想起了自己的二小子傻憨保。提起来真是和名字一样又傻又憨，平日不吭不哈，三杠子打不出个响屁，人家说西山是坯垒的他也信，如果不配个聪明媳妇满了准过不成日子。想着想着，就暗暗拿定了主意，托人去向梅香姑娘求婚。

经过亲戚朋友穿针引线，巧嘴媒婆来往穿梭，亲事不但成了，而且很快就把梅香姑娘娶了过来。虽说傻憨保又呆又笨，但为人厚道，乐于助邻，干活肯卖力气，夫妇俩男耕女织，日子过得甚是不错。寒来暑往，转眼几年过去了。一天，梅香对傻憨保说："你把咱那头老黄牛牵到集上去卖了吧！"傻憨保吃过饭牵着牛就走了。太阳快要落山的时候，傻憨保才回来，梅香问："卖的牛钱呢？"傻憨保说："赊给人家了。""是哪个村的？""人家说家住在无底深坑。""姓甚名谁？""他说姓西北风，叫二十五辆轱辘头破大车。"站在一旁的嫂子听到这里急了，说："说你傻，你真是傻得不透气，哪有这个村，哪有这个姓？这牛算是叫你卖漂了，准是叫牲口骗子归拐走了。"傻憨保听罢也懵了，两手抱着头，蹲在门旮旯，闷声不响。梅香想了想又问："人家还说什么？"傻憨保说："那买牛的还说门东有棵珍珠树，门西有个咬谷虫。"梅香听罢说："不要紧，这牛没卖漂。"嫂子又插嘴说："到哪去找啊？"梅香说："他不是说住在没底深坑吗？那一定是咱城西义井村的；他说门东有棵珍珠树，那是说门东有棵槐树；门西有个咬谷虫，那是个碾子。"嫂子又接着问："就算有这个村，这个村这名姓……"梅香说："他说姓西北风，那一定是姓韩（寒），叫二十五辆破大车，一辆车上四个轴眼，西北风一刮，一百个轴眼穿过寒风，那人大概叫百川。"

嫂子听到这里半信半疑，梅香对傻憨保说："你明天就到义井村去跟韩百川要牛钱。"第二天，傻憨保起了个大早，太阳还没滚到正南，就来到义井村，一打听，村里还真有个叫韩百川的。他见一户门前，门东有棵槐树，门西有个碾棚，就走了进去，此处果然就是他要找的韩百川的家。出来迎接傻憨保的是韩百川的老婆，她听完傻憨保说明来意，心里不住地责怪韩百川，昨天明明拿着钱去买牛，却要出这样的花招，叫人家多跑一趟。韩百川媳妇是个厚道人，为了表示歉意，又是打酒，又是做饭，招待很是热情。

正在这时，韩百川从外面哼着梆子腔回来了。他心里得意扬扬地想，昨天卖牛的傻小子一定找不到我的家，一头肥牛算是白白到手了。当韩百川迈进门槛，一看到傻憨保大吃一惊，急忙问傻憨保是怎样找到这儿来的。傻憨保就把他妻子梅香怎样指教，一五一十地详细说了一遍。韩百川想：这梅香真好比仙人在世，聪明过人，确实是一位绝无仅有的女婵娟，可不能等闲视之。于是就急忙付了牛价钱。

傻憨保吃饱喝足，就起身告辞，韩百川端了一个非常精致的匣子说："你把这个捎给你妻子。不过，在没有见到你妻子以前，千万不要打开。"傻憨保不知匣内装有何物，就毕恭毕敬地接过匣子双手捧着回家了。到家后，傻憨保就把那个匣子交给了妻子梅香说："这是人家特地送给你的！"梅香打开一看，一只八哥从匣内飞出，在屋里绕了一圈，向外飞走了。再仔细一看，匣内还有一块发了臭的牛肉和一棵剥得干干净净的大葱。聪明的梅香，看到这几样东西，不觉满脸绯红。心想，匣内之物分明是比喻俺夫妻俩：说我这一清二白的大葱配了一块又呆又痴的臭肉，示意我应像八哥一样远走高飞。

梅香感到受了莫大的侮辱，于是就心生一计，把傻憨保叫到面前说："礼尚往来，来而不往非礼也！咱们也送他两样东西。你把这个匣子亲手交给韩百川的妻子，就说我特地送给她的，不见本人千万不要打开。”傻憨保双手接过匣子又一次感到莫名其妙，不知又装进何物，就照妻子的吩咐到韩百川家去了。韩百川的妻子对丈夫那种惯于玩弄手腕，爱捉弄老实人的做法本来就不满意，为此，夫妻俩还不断发生口角。正当她闷闷不乐，思想着怎样说服丈夫时，傻憨保把匣子送来了。韩百川妻子打开一看，见匣子里有一只漂亮的金丝鸟和一只蝙蝠，金丝鸟在匣子里闷得够戗，见匣子打开，就扑楞楞地飞走了；只有那只蝙蝠像个没头苍蝇，东碰西撞。

韩百川妻子看完明白了，这金丝鸟长得漂亮，人人喜爱；而那个黑蝙蝠只有到夜深人静时才出来活动，显然配不成一对，这分明是比喻俺夫妻俩的。本来对丈夫就有些看法，人家又把丈夫比喻成黑蝙蝠，于是在一怒之下就回娘家了，决心跟韩百川离婚。韩百川赶集回来，听说叫梅香把自己的老婆气跑了，真是又懊恼又气愤。第二天天还没亮就跑到傻憨保家去质问梅香。梅香见韩百川急得像热锅上的蚂蚁，不仅哑然失笑，心里自语：“我叫你再戏弄别人，也叫你尝尝这个滋味。”梅香见韩百川都快急出了眼泪，这才对韩百川说：“你回家去吧，不出三日，我叫你妻子自动回去。”韩百川半信半疑，但经过较量，他也深知梅香的厉害，眼下又走投无路，也只有等过了三日再说，就没精打采地回去了。梅香把傻憨保叫到面前说：“你去备一匹骏马，拿两副鞍子。”然后附耳密语了一阵，傻憨保唯唯称是。

大路上一匹骏马在飞奔，傻憨保挥着马鞭直向韩百川老丈人家奔去。来到韩百川丈人门口，傻憨保上前叫门，来开门的正是韩百川的妻子。她一看又是傻憨保，心里不禁一愣，见傻憨保牵的马上备了一副鞍子，手里又提着一副马鞍子，于是就问："你手里提的那副鞍子，为什么不放到马背上?"傻憨保说："好马不备二鞍，好女不嫁二男，马备双鞍不是好马，女嫁二男不算贤。"韩百川妻子听完不觉大吃一惊，人家又傻又憨还懂这个道理，我更应该知道这些，看来这门亲事不能散。于是，第二天自动回韩百川家去了。

这是一则相当典型的明暗示巧妇讽他人故事。"暗示"的情节一共出现了三次：第一次，是买主韩百川用以嘲讽梅香的"礼物"，即装有八哥、发臭的牛肉和大葱的匣子，其暗示之意为"一清二白的大葱配了一块儿又呆又痴的臭肉，示意梅香应像八哥一样远走高飞"。第二次，是巧女梅香回送的嘲讽"礼物"，即装着金丝鸟与蝙蝠的匣子，其暗示之意为"韩百川夫妻为人不同，配不成一对"。第三次，暗示的载体由礼物变成行动，即傻憨保试图在一匹马上备两副马鞍，其暗示之意为"好马不备二鞍，好女不嫁二男，马备双鞍不是好马，女嫁二男不算贤"，并凭此帮助韩百川解了夫妻分离的燃眉之急。再次回应上文提到的一个观点，巧女故事的确用重笔点染了女主人公的智慧，但同时也借助巧女的行为宣扬了民众常态生活中的价值观念和伦理原则。在《傻憨保卖牛》中，巧女运用理解能力不仅重新获得了应属于自己的财物，而且还以"好马不备二鞍"的动作暗示强调了民众对待婚姻的态度和对"好女不嫁二夫”这种传统伦理观念的认同。

六、答隐喻巧女述人心

道德塑造与规范功能在答隐喻故事中也表现得相当明显。从故事设置的难题不难看出，要求被考验者说出隐喻的事物实际上都是与民众生活关联密切的伦理规范。比如，常见的难题有：说出什么比天大，什么比铁硬，什么比石坚，什么比蜜甜，或什么变化最快，等等。针对这些隐喻的正确答案是民间日常生活中需要遵循的伦理规范，多指父母的恩情比天大，兄弟的情义比铁硬，朋友的友谊比石坚，爱情比蜜甜，人心变化最快，等等。

以维吾尔族故事《其满汗》[1] 为例，故事中获得汗王首肯的难题答案为：“世界上变化最快的东西是人心，因为一个人一眨眼的工夫，就可以想许多问题。世界上最辣的东西是仇人，因为最近我看见两个人互相用刀子戳，以后才知道，这两个人在很早以前就结下了仇恨。世界上最甜的东西要算同胞兄弟。有一天，我去外婆家里，看见两个舅舅打得头破血流；但第二天，我再去看时，他们兄弟两个肩膀靠肩膀，睡在一起，睡得又香又甜。世界上最硬的东西是贫穷。有一天我父亲不在家，家里来了一个远方客人，本来应该很好地招待，可是那天家里什么东西都没有，连一碗茶也烧不成。”其满汗睿智的回

① 鲍放编：《巧女的故事》，上海文艺出版社 1981 年，第 136～141 页。

答完全依凭于百姓的日常生活，叙述的是民众在现实中最为关切的伦理规范。

值得大家注意的是，巧女的角色在某些故事里会从难题解答者转变为提问的考验者。在巧女成为考验者的故事里，多数会在故事结尾时添加“给予他人奖赏”的情节，在展现巧女聪慧的同时，也肯定了答题人的伶俐。比如在《吃枣》[1] 中：

从前，个子一高一低的两个书生进京赶考。他们走得又渴又饿，碰巧前面有片枣林，由一个姑娘看着。两个书生赶忙上前施礼要枣吃。姑娘一笑，“你们能回答我的话吗？答对了，你们就吃枣。”

低个书生心想，这有啥难的！便抢着说：“大姐你就说吧，我回答。”这个姑娘笑着不说话，眼睫毛忽闪了几下。低个书生催促道：“你说呀！”“好，你听着。啥比天高，啥洼入地，啥不好吃，啥甜如蜜？”“这有何难！”低个书生不假思索，信口答道：“星星比天高，井深洼入地，糖疙瘩饽饽不好吃，大姐你的枣儿甜如蜜。”说完，扬扬得意地想伸手摘枣吃。

看枣姑娘一摆手：“你说得不对，不能吃！”低个子书生大眼瞪小眼，挺失望地望着高个书生。这时，高个子书生不慌不忙，说道：“父亲比天高，妻子洼入地，饱了不好吃，饿了甜如蜜。”看枣姑娘愣愣地看着高个书生，好大一阵子才笑眯眯地说：“吃枣吧！”

---

① 《河北省秦皇岛民间故事选 · 第二卷》，中国民间文艺出版社 1989 年，第 1002、1003 页。

若单以字面对答来说，低个子书生的答案并没有什么错误：星星的确比天高，井深确实注入地，糖疙瘩饽饽可能不好吃，而书生们饥渴难耐时自然觉得枣儿甜如蜜。但他最后望枣兴叹，是因为高个子书生的回答在伦理层面上明显高于他。总体而言，无论是获得汉王首肯的其满汉、设置谜题的看枣姑娘，还是最终吃到甜枣的高个书生，他们的获胜都是因为他们的问题和答案符合了老百姓对伦理道德的期待。

七、明图画巧妇解家书

明图画故事讲述的实际上是民众对两地家人通信的想象。传统社会没有便利的邮政，百姓之中能识文断字的人又少，所以请人代写、托人捎书、让人代读或直接以图画为信，是他们所能想到的联络家人、沟通信息的变通方法。“捎信”和“看信”为故事的发生提供了契机。在此类故事里，信中的图画实际上是巧女与丈夫共同设定的内部符号，用以交流彼此的信息。这是巧女能够看懂信件、索回财物的凭借，也使巧女成为解决难题后唯一的受益者。比如在《一个王八八块钱》[①] 中：

从前，有一个叫张尔华的人，在关外一个买卖家当伙计。平时他诌白话撩票子，还爱贪小便宜，大伙儿给他起了个外号，叫“二八扣”。柜上的人没几个喜欢他的。人家跟他一块儿入柜的伙计，有的升了小掌柜，有的当了账房先生，还有的

① 《中国民间文学集成·抚宁民间故事卷》（第二卷），秦皇岛市抚宁县三套集成办公室（内部资料），1987 年 7 月，第 707 ~ 708 页。

长了劳金，入了股。就剩他，还是个站柜的伙计。

有一年，他回家探亲，和他同柜的老乡王诚托他给家里捎点儿钱回去，当时王诚点了六十四块钱交给了他。张尔华到家的第二天，就到王诚家去了，见了王诚媳妇说：“大嫂子，我大哥叫我给你捎五十块钱来了。”说完掏出钱递过去。王诚媳妇接过钱，点好了锁在柜里。待了一会儿，预备了酒菜，二八扣吃饱喝足了，方才告辞回家。

过了两天，二八扣正在家逗儿子玩儿呢，王诚媳妇来了，一进屋就说：“他叔，你给我捎的钱不对吧，怎么还差十四块？”二八扣心里一激灵，假装镇静地说：“哎呀嫂子，当面银子对面钱哪，你不是点好了吗？咋还差十四块呢？”“点好了是不含糊，你交给我的整是五十块，可你大哥给我捎的是六十四块呀！”“哎呀，我的嫂子，这不是没有的话吗？明明是五十块，打哪儿出来六十四块呢？”王诚媳妇一看他那样，气都顶脑瓜门子了，说：“为人办事可不能昧良心！你看看这个。”说完掏出一封信，递给二八扣。二八扣接过来一看，上头画着一串小王八，看了半天也没看出啥勾当儿来。王诚媳妇说：“我一个大字不识，你大哥哪回捎钱，都是给我画王八。一个王八八块钱，这是我们订好的。今儿早晨，他又叫李庄子李大哥给我捎来的这封信，说前几天把钱叫你捎来了。我一看信，上头画着八个王八，八八六十四，那还有差吗？那十四块钱，你快给我吧！”二八扣说啥也没想到还有这点儿过失眼儿，那脸蛋子红一阵白一阵的，一句话也说不出来，脑袋都快钻裤裆里去了，赶紧把那十四块钱拿出来，递给了王诚媳妇。

故事中的巧女——王诚媳妇就是以“一个王八八块钱”的事先约定为凭，识破了捎信人张尔华的刻意欺瞒，并索回了被他拿走的十四块钱。在大多数故事中，看图画解家书的考验并没有明显的测试意图，引发难题出现的原因多是捎信人的贪财或读信人的无知，只有少部分故事是因为外人得知巧女夫妇以图画为信的事情后，要求丈夫再画一封信以测试巧妇的才智。因此，明图画解家书故事中的难题，并不是巧女能否看懂信件，而是巧女能否识破捎信人和读信人的欺瞒。此外，还有少数故事里描述的是妻子画信述说家中近况和思念夫婿的情节。

总体而言，七类故事构成了勤思索不畏艰难系列，它们的紧密联系首先体现在故事中的难题都是以谜语形式出现的。巧女解决难题的方式就是猜出谜底。但在各类故事中谜题的表现方式各有不同，有的谜题是语言谜题，有的是实物或图画谜题。其次，各类故事之间的边界并不是壁垒森严的，我们在书中列举的故事实例里看到了它们的编组。这种编组情况在民间故事的讲述过程中是经常发生的。但是为什么会发生呢？这个问题是学者一直以来都非常关注的。简单说来，它与故事的讲述功能有着紧密的关联。民间故事的讲述不仅是要给枯燥的生活增添轻松的色彩，更为主要的是它们传达了老百姓对现实的认识和对未来的憧憬。所以，对于讲述和聆听故事的民众而言，获取欢乐固然重要，但如何更明了地表达自己的思想才是他们最为关心的事情。因此，不同的巧女故事就会按照讲述人的生活逻辑更为有效地组合在一起，表述他们的所思所想。

第三章

巧拙之争：谁在两性智慧交锋中表演

我们知道，在民间故事里，有林林总总的各种人物出场，这些出场人物原本有着许多方面的差异，如身份地位的差异，年龄性别的差异，等等。但随着故事情节的展开，他们会成为多种角色类型，这些类型超越了前述个体的差异。如果我们将巧女故事的讲述看做是一场关于两性智慧交锋的表演，那么，参与这场演出的故事角色可分为四类：巧女、拙女、巧男、拙男。在巧女故事中，每一类角色都会随所述事件的变化，表现出不同的行动意图和智慧程度。需要说明的是，这里使用的“巧拙”概念，是从品性与智慧两方面判断的，不单指一般意义上的机智和愚蠢。其实，老百姓所要表达的“巧拙”，也是非常宽泛的。多数情况下，巧是指精明能干，心灵手巧，口才好；而拙则指为人过于憨厚、老实，不爱言语，不够精明。当然也有一些故事所说的就是真正的愚笨。下面我们就分别来看一看，各类角色在这出巧拙之战中究竟是如何演出的。

巧女：故事的主角

作为主人公，巧女是出场频率最高的角色。每个种类的巧女故事中，都能见到她们的身影。就整体而言，这一故事角色几乎涵括了女性在不同生活场域中所承担的各种社会角色：娘家的女儿、小姑，婆家的儿媳、妻子，核心家庭的代言人以及父系家族的守护者。中国故事里的巧女基本是才貌双全的，她们长得“水灵灵的俊”，而且“心眼儿好使，一点也不嘎咕[①]”。巧女的智慧是按照老百姓对理想女性的预期来描述的，体现在心智、手艺和口才三个方面。巧女是操持家务的主妇，面对大家庭的内外关系，她们必须心灵，才能明辨是非利弊，持家守成；手巧，才可领会长辈的意图，做出令人满意的衣物饭食；口利，才会在维护自己和家庭利益时立于不败之地，把对手驳斥得哑口无言。三方面的智慧相互关联，心智是基础，而手艺和口才则是破题的利器。依据巧女智慧在破题过程中的不同展现，我们归纳出三个类型的巧女角色，即才智兼备的机智女、熟识家务的贤惠妻和伶牙俐齿的善辩人。

---

① “嘎咕”是河北滦县的方言，意思很复杂，在表示与聪明、善良、朴实、开朗等相反的性格时都可以用这个词。笔者掌握的故事中，也有长相丑的，如《丑夫人》、《聪明的丑媳妇》。这两则故事的巧女虽丑，但故事反复强调了她们的“心里俊，品行好，是妇女群里拔尖儿的手儿”。

一、才智兼备的机智女

才智兼备的巧女主要出现在展示女主人公处事能力和理解能力的巧女故事中。故事在展现该类角色的智慧特征时偏重于心智方面，以斗智形式呈现出机智女性的破题过程。无论是运用狡辩的方法免除家人的牢狱之苦，以暗示行为逆转家中的不孝状况，还是提出与难题方式相同的要求挫败恶意挑衅，抑或是猜出谜底完成测试的任务，她们都是凭借心思的缜密灵巧寻找到破解难题的最佳方法，最终摆脱了眼前的困境。若从这个角度出发，我们可以将这种巧女角色称为女性机智人物。比如在《聪明的姑娘》① 这个由答谜题巧妇当家、以难制难不求人和答隐喻巧女述人心三个种类连缀而成的故事中，就按照时间发展的顺时线索将巧女一次次凭借智慧化解难题的经历娓娓道来。我们先来看处在故事开始部分的解答谜题：

从前，有一个老头养了四个儿子，有三个娶了媳妇，老头对她们管教很严，说一不二，没有哪个不怕他。有一天，三个媳妇把回娘家的事对爹爹讲了，老头说："你们要回娘家可得，但是要一道去一道回。大媳妇去住过三五天，二媳妇去住过七八天，三媳妇住过半个月。"另外，他还叫大媳妇带四两苍蝇翅膀，二媳妇带四个红心萝卜，三媳妇带四个无头无脚的团鱼回来，并嘱咐三个媳妇不要忘记。

---

① 《湖北省民间文学资料汇编之三（黄冈地区）——湖北省民间故事传说集》，中国民间文艺研究会湖北省分会，1981 年 2 月，第 79 ~ 81 页。

三个媳妇高高兴兴地走了，在路上她们你问我，我问你，几时回来？带么接意？可是谁也答不出来，她们就坐在路上发愁。这时路旁有一个做活的姑娘，走上来问道："嫂子，你们为么事坐在这里发愁？"三个媳妇就把爹爹说的话向姑娘说了一遍。姑娘想了想说道："嫂子你们都是住十五天才回家呀！"三个媳妇问道："姑娘，那么样都是十五天呢？"姑娘说："三五不是一十五，七八不是一十五，半个月就是十五天咧。"她们笑着点了点头。三个媳妇又说："那我爹爹叫我们带的接意是么事呢？"姑娘又想了想说道："苍蝇翅膀是茶叶。"大媳妇笑着说："我娘家就是做茶叶的，莫说四两，要四斤也有。"姑娘说："红心萝卜是鸡蛋。"二媳妇说："要鸡蛋那好办，我娘家多的是鸡。"姑娘说："无头无脚的团鱼是荞麦粑。"三媳妇说："那我娘家也多得很。"三个媳妇道了谢，姑娘就走了。

三个媳妇在娘家住了半个月，各人把接意带回来，老头看了非常满意。他回头一想，往日三个媳妇有得这样聪明，为么事一下子都开化了呢？不免我来问一问她们。便道："你们都住半个月回来，都带回我要的接意，是你们想的还是哪个说的呀？"三个媳妇把经过向爹爹讲了，老头暗地佩服那个姑娘聪明伶俐，心想："她如果是给我四儿子做个媳妇该多好哇。"于是，他托这个，又托那个，去为儿子说亲。事也凑巧，一说就成了。过了几天，就把那个姑娘接过门来和他儿子完了婚。

在这个开头部分，巧女并不是从故事一开始就出现的，直接面临公爹谜题式考验的是老头已有的三个媳妇。她们因无法破解谜题而发愁，巧女借由发现三个媳妇的“困境”正式出场。在协助三个媳妇破解了公爹所出的谜题后，她成了这个家庭的一员。而接下来故事就讲述了巧女的婚后生活。虽然故事中的考验者由公爹变为和尚，被考验者则由三个媳妇变为公爹，但巧女仍是最终的难题解答者：

老头又添了个聪明的儿媳妇，他不晓得多喜欢，于是他到处酬神谢恩。有一天，他去庙里烧香，一不小心把和尚养的猫子踩死了。和尚见财神菩萨送上门来，便说道：“老头，你把我的猫子踩死了么样说呢？”老头说道：“师父，我买个猫子赔你咧！”和尚说道：“老头，我这个猫子不比别的猫子咧！它行像个龙，坐像个虎，要值银子五千五。”老头听和尚这样说，吓得往家里跑。和尚说：“你跑也跑不掉，过三天我到你家来要银子。你没有银子就赔猫子。”老头跑回家里急得没有办法，睡在床上连饭也吃不进去。四媳妇问道：“爹爹，你为么事急得这样呢？”老头就把在庙上的事向她讲了。四媳妇说道：“爹爹，你不要着急，和尚来了我自有办法打发他走。”老头一听很高兴，就起了床，又吃了饭。

到了第三天，四媳妇拿了个旧水瓢放在门口内，将大门半掩半开，她坐在屋里等着。过了一会儿，和尚果然来了，一进门就把水瓢一脚踩破了。他不以为然地问道：“姑娘，你爹爹到哪里去了呀？”四媳妇说道：“你找我爹有么事呢？”“你爹爹把我的猫子踩死了。”

“那我赔你个猫子就是了。”

"哪怕赔我的猫子不到吧，它行像龙，坐像虎，要值银子五千五。""那赔你五千五百两银子好办，师父，那你要赔我个水瓢哩！""你这个破水瓢还赔不到咧！""我的水瓢呀，仆到能切肉，仰到能装粥，要值银子六千六。那你还倒找一千一咧！"和尚一听，掉头就跑。

到了结尾部分，虽然还是难题重重，但在一次又一次的解难救困中，巧女的机智被推到了极致：

老头见四媳妇聪明过人，就在门前挂了个"万事不求人"的牌子。

一天，一个初去上任的翰林路过这里，看见这块牌子感到惊奇。他走到屋里一问，才知道是老头为四儿媳妇聪明伶俐挂的。翰林说道："我今天要你媳妇说四句话，并把行时早，行时迟，不行时，正行时说进去。如果说得好，你就把这个牌子挂到，说得不好，就不许挂！"四媳妇在旁边听得清清楚楚，上前说道："大人，你听到，甘罗十二位宰相，为行时早；梁颢八十二点状元，为行时迟；我家挂牌子遇着你，为不行时；老爷今日去上任，为正行时。"翰林不说二话，打马就跑。

公爹挂出的"万事不求人"的牌子，既是故事发生转折的节点，也是对巧女机智的最高评价。

不过，因为巧女在整个故事集群中并不是以同一角色特征出现的，该角色本身就具有多变的特性。所以，我们只能说部分故事中的巧女与机智人物有共同之处，但二者之间仍存在一定差异。她们与徐文长、贱三爷、韩老大[1]这些男性机智人物在故事中担任的角色颇为接近，都承担着破题解困的最终职能。二者的差异在于：在男性机智人物故事中，男性机智人物更多的是以全能者的身份出现的，与之相对的只有愚笨的一方。他们既可能被动地接受考验，也可能主动地挑战恶人，甚至是戏弄他人。相形之下，巧女则多是处于幕后，纠缠在各种复杂的人际关系中，所有可以展现其智慧的行动都是被动发生的。换言之，巧女大都是在其他人（与她同属一个利益团体中的男性成员）失利之后，才会出面处理危机。与她同时出现在故事中的，既可能是衬托其聪慧的愚者，也可能是与她势均力敌的其他智者。

二、熟识家务的贤惠妻

这类角色的智慧特征分别体现在“贤”与“惠”两个方面，贤在对持家理念的坚持，惠在对各项家务的熟识。换言之，以该类巧女为主人公的故事着力赞誉的重点，与其说是巧

① 徐文长是汉族地区影响最大的机智人物形象之一，在民间故事中，多数作品将其塑造为一个性格狂傲、愤世嫉俗、敢于对抗官府和嘲弄豪强的文人型机智人物；某些作品则将其作为无聊文人来描写。他的原型为徐渭，是明代文学家和书画家。这一男性机智人物与本书收集诸如钱六姐等以文才显示智慧的巧女有相似之处。贱三爷和韩老大都是出自艺术虚构的劳动者型机智人物，他们与大多数巧女故事中的才智型巧女有着很多的相似之处。由于本书的重点在于对巧女角色的描述，因此这里对比机智巧女与男性机智人物的异同，只是从其智慧展现、行动性质、具体职能等方面进行一个总括式的比较，不涉及具体细节的比较。

女的才智，不如说是她们的品行和生活态度。比如在故事《三女儿要宝》[①] 里：

金员外为三个女儿说的婆家都是吃了上顿没下顿的穷光蛋。金员外六十寿辰那一天，三个女儿都来为父亲祝寿。老员外留三个女儿吃过饭后，打开金银库，对她们三个说："今天父亲开恩，你们想要什么东西，尽管说话。"

大女儿想："世人都说黄金贵，有了金子，就有了一切。"她对父亲说："爹，女儿爱的是黄金。"老员外说："任你拿。"二女儿想："白银能置买万物，有了白银，就有了一切。"于是，她对老员外说："爹，女儿爱的是白银。"老员外说："任你取。"大女儿和二女儿得了黄金和白银，心里挺高兴。唯独三女儿在一旁没有说话。

老员外来到三女儿身旁问道："小女，你爱的是什么？"三女儿回答说："大姐爱的是黄金，二姐爱的是白银，小女不识金银贵。勤奋耕织为根本，就把你老的谷子种给俺一升吧。"金员外听了小女儿的要求，心中大喜，连声称赞道："好闺女，懂得发家之本，爹给你一升谷，祝你成个大财主。"

大姐和二姐看了看三妹子，对着父亲没说什么，心里却在骂道："大傻瓜，放着金子银子不要，弄走一升谷子能发得什么家！"对两个姐姐投来的蔑视目光，三女儿毫不理会，带着父亲赐给的谷子回了家。

---

① 《河北民间文学·宁晋县故事卷》，中国民间文艺出版社 1989 年，第 292、293 页。

到家后，她跟丈夫开了一片荒地，将谷种撒在地里，头一年就打了三斗谷。第二年，又将三斗谷当种子撒在地里，又收获了三担。这样年复年，粮积粮，没几年，小女儿家就过富了。两个姐姐得了金银后，不劳动，天天花，金银花光了。还是吃了上顿没下顿。

父亲对三女儿摒弃金银而就谷种的选择大加赞誉，并称之为“懂得发家之本”，已经明确透露出民众对巧女勤俭持家的期许，这与现实生活中老百姓对“巧媳妇”的期望也是一致的。可见，故事对这类角色的塑造，更多地体现了中国传统文化对理想女性的期待——贤惠与勤劳。此外，这些故事在讲述女性智巧的同时也赋予了角色勤苦好学的品质，用以告诉听者，故事女性主人公的“巧”实际上是勤劳加远见的结果。聪明虽有天赋的关系，但智慧的得来，则要靠踏实的学习和对生活细节的关注与熟悉。譬如，许多巧女故事中要求巧女完成的难题，大都与做饭、纺织、饲养牲畜等家务相关，如用两种材料做出多样的饭食、用少量的布匹裁制多样的衣物等。巧女倘若没有平日对家务的操持和熟悉，是无法洞悉谜底并按照要求完成任务的。

三、伶牙俐齿的善辩人

能言善辩是这一类巧女角色的主要特征，故事通常着重强调了该类角色的口才，她们一般会使用谐音暗示、模仿反问或拆分禁忌同音字等方法，或犀利或含蓄地以巧妙的言辞化险为夷。这里我们不妨以《巧语斗先生》[1] 为例，试看巧女如何以口才获胜：

五姑娘跟韩老大成亲后，乡亲们就管五姑娘叫“五娘子”了。一年过后，五娘子生了双伴儿（双胞胎），一个小子，一个丫头，长得一模一样，又白又胖。又过了一年，五娘子背着小子，抱着丫头，回娘家，一进村，正巧碰上本村的教书先生。

“呦，这不是五姑娘吗？回家来啦？”“啊！你还好吧？”“好，好。嗬，两年多不见，都有两个孩子啦！”“是双伴儿，一个儿子，一个闺女。”“哦，五姑娘真会生咧，快让我瞧瞧！”教书先生挨个儿看了后，眼眉一挑，笑了笑说：“哈，这两个孩子一模一样，像一个模子刻出来的，是先生的儿，还是先生的女呀？”

五娘子在村里做姑娘的时候，就知道这个教书先生爱占女人的便宜。这会儿一听他这么说，心里犯了嘀咕：哼，啥先生的儿，先生的女？明明是想占我五娘子的便宜呀！那你算走错了门儿咧！她灵机一动，顺口说：“先生是我儿，后生的还是女（你）。”教书先生讨了个没趣儿，红着脸说：“唔，我还有急事儿，回头见！”说着，转身走了。

在这个故事中，教书先生利用“先生”一词的多义，将其对顺序的指代替换为对自己的指称，以此来暗示自己是孩子的

① 《韩老大与五娘子》，河北省唐山市民间文学三套集成办公室（内部资料），1986年7月，第213、214页。

父亲，“占五娘子的便宜”。而五娘子在予以回击时，也同样利用“先生”的多义，并采用了谐音的方式，两次暗示了彼此的母子关系。该则故事中，巧女之巧主要表现在她以言语回击时的巧妙，不仅巧在方法，更巧在最后的效果，如此含蓄地嘲讽使教书先生在吃亏之后只能隐忍而去，却无法发作。

如前文提及的，巧女智慧的三个方面是彼此相依的，无论其中的机智表现偏重于哪方面，都离不开她们巧嘴的阐释。善辩巧女的伶牙俐齿，足以说明故事对巧女口才的重视。这里，我们不妨来回顾一下故事与实际生活的关联。我们知道，巧女故事是老百姓在一定时空下对现实生活的摹写。他们对生活的某些看法或认识会投射到故事之中。笔者从田野访谈中得知，老百姓家中的长辈，虽然强调“嘴好使，不干活计不行”，但又无一例外地都喜欢“嘴甜”的媳妇，认为“练胳膊练腿不如练个好嘴”。既然在日常生活里，口巧对于女性而言同样重要，这就说明灵巧善辩与贤惠一样，都在角色塑造中投射了民众对理想女性的期待。

综上所述，我们可以认为，巧女角色是民众现实思考与故事想象的结合。其角色的三种类型基本上分布在不同的故事中，强调了巧女智慧显现的不同层面。该角色在故事中的重要地位，使其承担了破题解困的核心任务。绝大多数的巧女们都不是直面难题的人，她们往往是作为协助者以代言的形式在故事中出现。这种代言形式意味着：巧女恪守伦理规范的谦卑，在特殊情况下站到台前的锋芒毕露，都在故事的把握尺度中。

她们在解救家人于水火之时，可有适度的个性张扬，但她们的言行举措又必须在伦理文化的规范之内。

故事的配角：其他人物的角色类型

在以往的研究中，故事的主角一直占据着学者的视线，使他们较少顾及故事中的其他角色。实际上，故事中的其他角色与主角一样，在推动情节发展及丰富故事趣味上有着重要的作用。因此，只有在逐一分析每一类角色后，我们才能更好地理解他们在故事中的功用，以及他们彼此之间的关系。如果将巧女看做故事的主角，那么拙女、拙男与巧男就是映衬主角或与之相对的配角。在我们将下文对这些角色在故事中的具体表现进行讨论。

一、拙女：故事中的女性配角

拙女是与巧女对照最为明显的角色，这类角色的出场频率不高，但却有双重面貌。有的故事中，拙女的表现是狡诈的。这类拙女多由巧女的婆婆或邻居充当，她们为着这样或那样的实际利益成了巧女的对手，在实施了恶意考验之后，最终被巧女挫败。而在有的故事中，拙女则是属于愚笨忠厚的，多由巧女的妯娌们扮演。她们的出场一般有两种目的：第一种是用来引发比赛，并在比赛中以自己的失利陪衬巧女的胜利。譬如，在答谜题巧妇当家故事中，家翁之所以采用出题考核的方式选取当家人，也是为了避免妯娌相争引起家庭不睦。正如故事中所说，“老汉觉得操持家务显得吃力……几个新婢当中，要数细新婢是个治家的料子。但她是新婚媳，又是排行最小，选她当家，恐怕做嫂子的不服，老汉常为这事发愁。”① 可见，故事虽对拙女用墨不多，但她们却是推进情节发展的力量之一。

第二种目的是因失利而求助于巧女，为巧女出场设置了铺垫，将巧女从幕后引至前台。比如，在前面引用过的《聪明的姑娘》故事中，三个媳妇不能理解公爹的要求（失利），只能“求助”于路旁做活的姑娘，在姑娘的帮助下做到了公爹的要求。至此，拙女们完成了第二种目的，为巧女的出场做好了铺垫，但拙女角色的职能并没有结束。在故事的发展中，她们将事情经过告诉了公爹，使公爹欣赏姑娘的聪明，于是把巧女娶为四儿媳妇。这种行动实际上是在公爹和姑娘之间建立一种信息的传递，既把难题传达给姑娘，又将巧名传达给公爹。

总体而言，故事对拙女的存在没有过多地贬斥。多数拙女的性情是好的，不够精明但还老实厚道，她们尊重家翁的选择，不会刻意地去争夺当家权。虽然有些故事里，拙女是略带了些奸诈的影子。但故事总会安排某个转机，让她们重回那个憨厚老实的模子中。这种性情回归的安排，有着老百姓对家庭和睦的期待和他们对理想家庭模式的想象。比较拙女角色两种

---

① 《巧选当家人》，《中国民间故事集成·福建卷》，中国 ISBN 中心，1998 年 12 月，第 699 ~ 702 页。

类型的出场频率，我们还能发现，拙女与巧女之间的行为互动更多的是竞争与互助，而非正面的冲突。

二、拙男：交锋中的弱者

拙男是智慧交锋中趋于劣势的弱者，通常由巧女的丈夫或兄弟扮演，分布在三类巧女故事中。这类角色往往是故事情节拓展的一种中介人物，他们通常会将考验转嫁到巧女身上，为巧女出场设置铺垫；外传妻子或姐妹的巧名，引来外人的挑衅；带回恶意的礼物，导致一些不快后果的发生，如妻子的出走或企图自尽。从故事中描述的性情看，他们是一类老实过头的男人：不谙世事——外出事宜需要妻子或姐妹的事先交代；缺乏判断力——不能明辨他人行事的善恶；能力匮乏——无法妥善地保护自己和家庭的利益，不询问清楚就把财物给人，带回讽刺妻子的礼物等。譬如《贤妻善夫》[①] 的故事：

东崖山上有户人家，有个女儿名叫秋苹，才貌双全。去求亲的很多，可她父母不要，偏偏把她嫁给一个忠诚老实的种田人。那个种田人叫岩郎。

有一年闹饥荒，秋苹拿出五个番钱和两条布袋，叫岩郎去十里外一个地方买粮食。临走时，秋苹吩咐说："要去那些高楼白粉墙的人家，才能买到粮食。"岩郎牢牢记住老婆的话，专门去寻高楼白粉墙的大院。他寻的不是宗祠，就是庙宇，结

① 《中国民间文学集成·浙江省·温州市·永嘉县故事卷》，永嘉县民间文学集成办公室，1989 年 9 月，第 466～468 页。

果，一粒粮食也没有买到。日昼，他走疲倦了，坐在一个亭子里歇息。

一会儿，有个衣着讲究的后生儿，骑着一匹马经过这里，也到亭子里坐，看见岩郎就问：“你是哪里人？来做格呢事干?”岩郎说：“我是东崖人，我老婆叫我来买粮食，吩咐我到高楼白粉墙的大院里寻，我寻来寻去都没有买到粮食。”“你老婆叫格呢名字?”“叫秋苹，也有人叫她才女。”“噢，原来是才女。”后生儿对岩郎说：“你回去对老婆说，粮食我家有卖。你过三天再来。我家住在千里远，日出村，闹上边，静边下，走过春秋百草桥，守门两犬静悄悄，问声音十就知道。”岩郎听了，十分快活，生怕忘记边走边念：“千里远，日出村……”

回到家里，岩郎把经过讲给老婆听。秋苹想了想，把那个后生儿说话的意思对岩郎说了。过了三日，岩郎去后生儿那里，一见面就说：“章公子，你被我寻着了。”“你是怎样寻着我的?”后生儿问。“是我老婆告诉我的。”岩郎说，“我老婆讲，‘千里远，日出村’，是重东村；‘闹上边，静边下’，是往学堂上去，往宗庙下来；‘春秋百草桥’，是一排用棕榈树搭起的桥；‘守门两犬静悄悄’，说你家门口有对石狮子；‘音十成章’，你是章公子。”公子听了岩郎的话，暗暗称赞，心想“才女”名不虚传，随即叫家人把谷卖给岩郎，还留岩郎吃饭。岩郎临走时，公子送他一幅画，叫他带给老婆。

岩郎把谷担回家里，从谷袋里拿出那幅画，画上画有一株牡丹，花开得正闹，花丛中卧着一只瘦公牛，一堆牛粪玷污了牡丹。看了这幅画，秋苹脸色都变乌青了，回到房间里，躺到床上哭，心想自己命太苦，配给这个穷丈夫，正像牡丹花插在牛粪堆里。她一夜都困不着，第二日天光早，就打起包袱跑回娘家。一去半年，秋苹都没有回来。岩郎在家里没法想，去叫了几次都没有用。岩郎的亲戚、邻居都晓得秋苹回娘家是那幅画引起的，叫岩郎去求那位公子，叫他想想办法。

岩郎来到章公子那里，说起秋苹跑回娘家的事。章公子也觉得过意不去，就问："你丈人家里近日有没摆酒？"岩郎说："大后天我丈人家杀猪。"公子说："好，大后天我去他那里替你说说看。"岩郎丈人家杀猪那日，章公子骑着白马来到他丈人屋里，对杀猪人说："我要买几斤皮外油、油底肉。"杀猪人说："公子，你真会讲笑话，哪里有什么皮外油、油底肉呢？"这时，秋苹正在镬灶间，听到外面讲话，跑出来说："老司，这位相公要买猪肚。"杀猪人正想称猪肚，章公子正坐在马上，拉定缰绳往回走，对秋苹说："我不买啦，你看，我的马头已经拉转了！"说完，骑着马就走，再不回头了。秋苹想了一想："好马不吃回头草，好女不配二夫君。"第二日天光，她就收拾好包袱，回到岩郎那里。

岩郎这个拙男在故事中一以贯之地以失败者的形象出现。应该说，他的失败是夸张的。但通过这种夸张，故事呈现了这样一种事实：拙男无法成为强势的家庭利益保护者以满足社会对男性的期待，他们需要他者的帮助或庇护。这就为巧女的出场提供了合理的缘由，同时也暗示了女性在家庭生活中的重要位置——幕后导演。

三、巧男：故事中的对手

巧男是出场频率仅次于巧女的角色。他们通常是社会权威的中介表达者，巧女需要经由他们的肯定而获得相应的身份或赞誉。巧女与其对抗的过程，正是显示巧女智慧与能力的过程。具体而言，巧男角色的主要作用是实施考验和设置困境，他们的扮演者一般都是有一定才学的人，如秀才、教书先生、和尚、县官以及经验丰富的家翁等，但精明有余厚道不足。作为考验者和设困者，几乎所有的争斗都是由巧男挑起的，区别仅在于目的的善恶之分；家翁为选拔持家者的测试，是善意的；秀才、和尚等人因不信任女性才智的出谜或比赛，以及意图调戏巧女的赛诗，就有恶意之嫌了。在大多数故事中，巧男都担当着出题测试的考验者身份。只有在故事事件的发生场域从家庭内部移至外部时，巧男们才会身兼数职：考验者、被考验者和传信人。至于角色身份如何转换，我们分别来看看《放鹅女》[1] 和《斗口》[2] 两则故事。先看《放鹅女》：

有一家，有三个儿子，老大老二都娶了媳妇。老公公总觉得两个媳妇卜卜愣愣[3]的，缺心眼儿，他总也不让她俩出去串

---

① 《中国民间故事集成·吉林卷》，中国 ISBN 中心，1992 年 11 月，第 805、806 页。

② 《中国民间文学三套集成·邯郸地区故事卷》，中国民间文艺出版社 1989 年，第 378、379 页。

③ 卜卜愣愣，形容不恭顺、不驯服的样子。

门，也不让她俩回娘家。这俩媳妇偷偷地合计：老爷子也太心狠了，咱俩进他们家好几年了，一趟娘家也不让回，咱俩得找他说说。

老公公也觉着不是事儿，答应让她俩回趟娘家，临走时说："你们俩回娘家行，回来必须给我带点儿礼物。"她俩问："买啥呀？"老公公说："大媳妇回来给我买斤皮包骨，二媳妇回来给我买斤骨包肉。"听了这话，两个媳妇犯愁了，这皮包骨和骨包肉从来没听过呀！可想家心切，两个人硬着头皮走了。走到南甸子，两人哭开了。

在南甸子上，有一个放鹅的丫头，放鹅女问她俩："大热的天儿，你们俩这是哭啥呀？"大儿媳妇说："可别说啦，我们俩嫁过来好几年了，老公公也不让我俩回娘家串门。这回开恩了，让我俩回去，他管我要一斤皮包骨，管她要一斤骨包肉。这俩玩意儿，我们都没听说过，可上哪淘换呢？"放鹅女说："这好办，皮包骨是枣，骨包肉是核桃。"俩媳妇乐了。从娘家回来，一个带来一斤枣，一个带来一斤核桃。老公公一看，心想：这两个缺心眼儿的玩意儿咋能猜对了呢？就问："谁告诉你们的？"她俩看瞒不住了，说："南甸子上有个放鹅女，是她告诉我们的。"老公公心想：我这两个儿媳妇没有一个精的。看来这个放鹅女挺机灵，我不如把她给我三儿子娶来。主意拿定，他托了媒人，把放鹅女娶了过来。

成亲以后，老公公想试试放鹅女。这天，他让放鹅女去地里送饭。放鹅女问："地在哪儿呀？"老公公说："在鬼前头，人后头。”放鹅女一听就明白了，这不是在坟地那块儿嘛，她把饭送到了。老公公见了，心说：我这三媳妇可真精。有一天，放鹅女正在外屋烧火，她男人呼哧带喘地跑进屋来。放鹅女问：“你咋的啦？”她男人说：“刚才咱爹正说话呢，我在半道儿上接了一句。他说我把他的话把儿打掉了，来了气，追着要打我。”放鹅女说：“不怕的，你先到房去躲着。”

她男人刚藏起来，老公公就气呼呼地追来了。放鹅女迎上前去说：“爹，你怎么了？看把你气的。”老公公说：“这小子，他把我的话把儿给打掉了，我不能饶他。他回来没有？”“回来了。”“上哪儿去了？”“他上房后挖西北风的风根儿去了。”老公公说：“西北风还有风根儿呀？”放鹅女说：“那说话还有话把儿呀？”老公公叫放鹅女顶得没话说了，扛着锄头走了。

很明显，这则故事是由答谜题巧妇当家和妙寻公牛犊或公鸡蛋两类故事组合而成的。公公（巧男）在前后两个故事中都是制造困境和实施考验的人，不同的是前者是出于权威测试，而后者是无理挑衅。那么，巧男这类角色的功用在《斗口》故事中是否相同呢？我们接下来看看：

从前，有个人叫王老二，他自己种地，他的儿子是个读书人，不过读来读去都读呆了。他的儿媳妇却人才出众，能言善辩。一天，王老二为考考儿子，对他说：“我去往灯笼树下锄地，到中午给我送饭。”便扛着锄走了。儿子在家里走来走去，冥思苦想，灯笼树是什么呢？我往哪儿送饭呢？想来想去，想不出一个道道来。他媳妇见他这样，就问：“什么事，把你愁成这个样子?”他说:“爹让我往灯笼树下送饭,我可往哪儿送呢?”他媳妇想了想说:“你这个书呆子,连这都不知道。咱东北地,棉花开得像灯笼一样,不就是灯笼树吗?”他这才恍然大悟。到了中午提着饭来到东北地,见他爹果然在这里锄地。他就站在地头喊:“爹,吃饭吧!”老二放下锄头,来到田埂上,脸上笑嘻嘻地问他儿子:“你怎么知道我在这儿?”他儿子红着脸说:“是我媳妇告诉我的。”“哦,原来是这样。”老二非常感慨:儿子呆,儿媳妇倒很聪明。吃罢饭,他儿子回去了,老二便又锄起地来。

不一会儿,从南面过来一个邻村骑马的人,看王老二在锄地,走到老二跟前拉住马说:“老二,我问你一晌能锄多少锄头?”老二想了想,可怎么也答不上来,“谁数过锄地有多少锄头?”“这回输了吧。”骑马人说着得意扬扬地向北走了。王老二非常扫兴,再也无心锄地,扛起锄头,快快回家了。老二回到家,儿媳问他:“爹不是吃饭了,怎么又回来了?”老二把事情的缘由告诉了儿媳妇。儿媳说:“你怎么不先问他,你马一晌跑多少步?”老二一拍大腿:“是啊!”老二于是又到地头等那骑马的。一会儿,骑马的从北回来了,王老二远远打招呼:“喂,你的马一晌跑多少步?”骑马的愣了:“这个……”老二说:“喏,答不上来了吧!”骑马的说:“这回不算,上午你为什么不开口?一定是别人给你出了主意,听说你有一个才貌双全的儿媳妇,是她对你说的吧?”老二只好点了点头。骑马的说:“让我和你那儿媳妇斗斗口怎么样?我若输了,情愿把这匹马送给你。”老二想了想，就同意了。

骑马的从大路向王老二家奔去。王老二抄小路提前到家，把这事告诉儿媳妇，儿媳妇就在门口等着。一会儿骑马的到了，他一脚落地，一脚踩在蹬子里，正想开口发问。不料王老二的儿媳妇，向后退了一步，一脚在门里，一脚在门外，抢先说：“你看我想往里走，还是向外走?”骑马的一下子答不上了，把马输在这里了。骑马的不甘心，于是步行去找他的师傅求教。他师傅说：“哼，一个女人，我半个嘴就会赢她。”于是便粘住半个嘴来到王老二家，问王老二儿媳妇：“你爹干什么去了?”“去往锅台角犁地了。”“哎呀！那马粪不屙到锅里了。”她说：“俺把马屁眼粘住了，屙不到锅里。”这人一听不对味，便灰溜溜地走了。

《斗口》也是由多个种类的巧女故事组合而成的。仔细品品这个故事，就会发现故事事件在前两类故事的连缀中，从王老二父子之间的测试转变为王老二与邻村骑马人之间的对答。这就使前一类故事中负责权威测试的巧男——王老二从考验者变为被考验者，并通过向儿媳“求助”成为传信人；后一类故事中进行无理挑衅的巧男——邻村骑马人则自始至终地充当着考验者。可见，《斗口》故事中的巧男，既有角色扮演者的变化，还有角色职能在实施考验、接受考验、传递信息三种行动之间的转换。

回顾上面对巧女故事四类角色的分析，我们得到这样的认识：从角色之间的关系看，巧女是故事的主角，所有的人物设置和角色变换，都围绕着她的存在而进行。故事安排拙女、拙男和巧男出场，是出任“表演”中的配角。虽然三类角色参与考验关系的方式有所不同，但他们的主要任务都是陪衬巧女。作为一种衬托，配角的存在为巧女能够或必须站到台前提供了机会。通过与配角的抗衡或协作，巧女真正成了解困行动中的成败主导者和智慧代言人。这四类角色共同出演了这场发生在家庭内外的智慧之争。

第四章

冲突与调试：故事角色的行为互动

通过前文的分析，我们知道巧女故事如同其他民间故事一样，在角色的塑造和定位上显示出民间叙事特有的类型化特征。各类角色之间，呈现着错综复杂的关系：男与女、巧与拙、挑战（挑衅）与维护、成功与失败、主动与被动等。当我们仔细比较每一组关系时，不难发现，彼此的对抗是这些关系的共同特点。在接触了大量中国巧女故事之后，我们可以确定，巧女故事的角色行为互动是多重对立关系的组合与转换。这些关系相互关联，从而促成了故事的发生、情节的拓展，乃至核心观念的建构。因此，探究角色间的行为互动，可加深我们对故事整体的认识。

角色行为的冲突与协作

各角色在性别、智慧和立场等方面的对抗，自然会带来不可避免的冲突。而巧女故事的魅力就体现在女性为缓解冲突所做的努力，以及在冲突调试过程中的智慧演示上。

从整个故事集群看，角色行为的冲突主要表现在性别角色的关联上，其中既有两性的交锋，也有同性的较量。

一、两性角色的行为交锋

两性角色间的互动是故事冲突的主体。从参与冲突的故事角色看，这种互动基本上发生在巧男与巧女之间，并以巧男作为设困者或考验者主动向巧女挑衅为常见形式。这种冲突的活动场域多发生在家庭外部，而巧男也多以无理挑衅的角色形象出现，因为他们对巧女的挑战往往有危及家庭利益或女性名节的可能。

故事中常出现这样的对白："原来你是董家的才女，既然这样我来考考你"①；"原来（你老婆）是才女，你回去对你老婆说，我家有粮卖。你过三天再来。我家住千里远，日出村，闹上边，静下边，走过春秋百草桥，守门两犬静悄悄，问声音十就知道。"② 可见，是女性的巧名外传引来了男性刻意的刁难。自恃机智的男性一旦获悉了女性的巧名，就无法压抑自己的试探之心。如果我们将这种冲突放置在意义层面考虑，就会发现，好奇、好胜只是促动冲突的表面原因，其本质根源还是两性角色在传统文化意义上的对立。在巧女故事里，拙夫的憨直

---

① 《才女答知县》，《石家庄地区故事卷·耿村民间故事集》（第五集），藁城市民间文学三套集成编委会（内部资料），1990 年 9 月，第 31、33 页。

② 《贤妻善夫》，《中国民间文学集成·浙江省·温州市·永嘉县故事卷》，永嘉县民间文学集成办公室（内部资料），1989 年 9 月，第 466、468 页。

或愚蠢削弱了男性原有的保护力，让巧女成为家庭的佑护者。这种家庭内部象征性的权力转移，自然会引起社会上男性权威的反弹，导致两性之间的冲突发生。故事的讲述者们也许是深刻地体会到这种转移与反弹的互动，所以才能想象出巧男的刻意刁难。

二、同性角色的行为较量

相对而言，同性角色之间的较量并不是故事重点描述的行为冲突。无论是在巧男与巧男之间，还是在巧男与拙男之间，其角色行为的冲突基本上是为引出故事“困境”而设置的。这种冲突往往以巧女家人一方的落败而告终，通过家人的“求助”，将存在于同性之间的较量转换为两性之间的交锋，而后再呈现两性角色冲突的过程与特性。

当然在有些种类的故事里也出现了女性角色之间的较量，如婆媳、姑嫂、妯娌之间的斗智。由于女性角色间的冲突是直接发生在拙女与巧女之间的，因此，这种冲突关系不会转移。与两性冲突相比，女性角色间的较量更多的是利益之争。故事中婆媳、姑嫂间的抗衡和妯娌间的纷争，是民众对自己切身生活的叙述，反映了他们对家庭关系及家庭生活模式的另一类思考。

三、各类角色的行为协作

应该看到，性别角色之间的冲突是有限的。它们的产生是巧女在遵从或违反规范中寻求变通的结果。在规范之外，两性角色中间还有着一定的协作关系。这种协作关系，既存在于巧男与巧女之间，也存在于拙男与巧女之间。从故事整体看，两性角色的协作基本是以保护家庭利益、维系家族声望为共同目的的。我们来看巧男与巧女之间的互动协作，《选内当家》①：

有一个富翁，家里很富，用度倒很节省。他三个儿子都娶了媳妇，自己年老了，老伴岁数也大了，想从三个媳妇里选一个当家的。一日，他对三个媳妇说："你们婆婆年老不能料理家务了，当家的要从你们三个中选一个。今日，你们每个都烧一碗东西给我吃，谁烧得滋味最好，我就叫谁当家。"三个媳妇听后，都去准备了。过了一会儿，大媳妇端了一碗鸡肉送来，烧得喷香喷香，富翁吃了一点，就不吃了。二媳妇端上来一碗猪肉，烧得糊烂糊烂，富翁吃了一点，也不吃了。三媳妇想：公公婆婆都很节省，我们家才能富起来，要是都吃鸡吃肉，家底就会吃空，我还是烧碗年糕，杂一点菜，给公公吃。就烧了一碗年糕端上来。富翁见三媳妇端上来年糕和青菜，蛮快活，就说："这当家你做吧，我们家里吃饭的人多，有年糕和菜，滋味就不错了。"

在《选内当家》中，巧男与巧女的互动发生在家翁与儿媳之间，他们之间的协作是为了家业的兴盛：家翁为承继家业在儿媳中挑选当家人，最终选择了能够勤俭持家的三媳妇。接下

① 《中国民间文学集成·浙江省·温州市·永嘉县故事卷》，永嘉县民间文学集成办公室（内部资料），1989年9月，第495、496页。

来让我们再到《赌吃熟鸭蛋》[1] 故事的起伏跌宕中去看看巧女与拙男的协作：

从前，有一对夫妻，男的帮人家撑船，女的长得好看而且聪明。有一天，他家小在河边洗衣服，被船老板看见了。船老板想，想不到这个帮工还有这样一个漂亮老婆，就动了坏脑筋，带了帮工上茶馆喝茶。老板问帮工："你一顿能吃几个鸭蛋?"帮工说："能吃二十个。"老板说："假如你能吃三十个鸭蛋，我就将船和一船货物全部送给你；假如你输了，就把你老婆给我。"帮工想多吃十个蛋有啥，就同意了，当下两人立下字据。船老板私底下塞了一点铜钿给账房，叫他拣最大的鸭蛋煮三十个，剥好了，装满五大碗。又点上一炷香，规定必须在香烧完之前吃完，否则就算输了。

帮工开始吃蛋了，边上围看的人很多。消息传到帮工老婆的耳朵里，他老婆又气又急。帮工老婆想出了个主意，来到茶馆，鸭蛋还剩五六只，香快要烧完了，她丈夫正在艰难地嚼着。她走上去用手拍了一下丈夫的嘴巴，说："你穷疯啦！肉吃不起，蛋也吃不起吗？告诉你，即使你输了，我也不去，还是把你自己输给人家，做一世的伙计吧！"说着用另一只手抹了一下丈夫的嘴巴。这一拍一抹是假，实际上是将几块盐和生姜塞进丈夫的嘴巴里。她丈夫正吃得口干难咽的辰光，突然觉得嘴里有了盐，有了味道，也有了口水，连忙又加紧吃了起

① 《中国民间故事精品库·生活故事卷》，中国文联出版社 1999 年，第 118、119 页。

来。果然没等香烧完，三十只鸭蛋全吃光了。船老板输了，当着许多看热闹的人，不好抵赖，只得乖乖地将一只船和一船货物给了帮工。

故事是因船老板贪恋美色而起，赌约是在帮工老婆不知情的情形下订立的。在这里，我们姑且不批判老板的险恶和帮工的贪财，而是看一看巧女与拙男协作后的成果：媳妇用恶言相向掩饰了送盐的举动，让丈夫凭借咸味咽下最后几只干涩的熟鸭蛋，从好色船老板手中赢得了一只船和一船货。从上面两则故事中，不难看出，家翁选媳是为了家业的延续，夫妇合作是为了不让家庭经济利益受到侵害。无论哪种协作，最终目的都是为了家庭的和睦与家业的兴盛。

为家庭利益而战的男女协作，在实际生活中也是相当普遍的。俗话说“男主外，女主内”，就是民间最常见的家庭协作模式。女性被称为“内当家”，她们承担了家庭的生育职能和大部分繁琐的家务，这些事实都说明了妇女在家庭生活中的重要地位。故事安排拙男的映衬，只是为女性提供一个发挥和证明自己实力的契机。并且告诉听者，男女双方都是家庭生产的重要力量，放弃任何一方的力量都有可能给家庭带来危害。可见，民众通过故事传达了他们对家庭现实的思考：家庭需要男女双方的共同维持，仅靠男人是不能使家庭稳固发展的。总体而言，性别角色的冲突与协作并不矛盾，因为二者是不同层次上的行为互动，带来冲突的是两性负载的文化意蕴，导致协作的则是现实生活的利益驱使。

角色行为的调试与维护

以调试和维护角色关系为目的的行为互动，是伴随上一种行为互动产生的。如果说，冲突或协作的作用主要在于对故事隐含意义的展露，那么，我们从调试或维护的行为互动中能窥测到的，不只是角色行为的目的，还有它对情节拓展的促动。

对角色关系的调试是由男女两性以不同方式共同完成的。当女性能够以反击的方式保护自身名节和现有家庭秩序时，调试行为就由女性单独完成。比如，《老板娘巧戏狂书生》[1]：

从前有个姓杜的人家在县城北门开了个店，老板娘模样长得俊，肚里道道还挺多。有两个书生进京赶考，来到店里，见老板娘长得好，就想逗逗趣儿，占点儿嘴便宜。两个人一进店，老板娘笑着问："客人从哪里来？"一个书生一挤眼说："我是夏天穿皮袄。"老板娘笑着说："噢，是武汉（捂汗）的，不近不近。"另一个书生摇晃着脑袋说："我是十冬腊月穿汗褂。""呦，这位是邯郸（寒单）的。"老板娘又答上了。两个书生大眼瞪小眼，心里暗暗佩服老板娘。一个书生问："老板娘贵姓？"老板娘也不言也不语，顺手抄起擀面杖往墙窟窿里一戳说："俺就姓这。"

两个书生傻了眼，想了一宿也没猜出来。第二天天明，他

① 《河北民间文学丛书·宁晋县故事卷》，中国民间文艺出版社 1989 年，第 277、278 页。

们要走，一个书生忽然想起来了，擀面杖往墙窟窿里戳，这不是杜（堵）吗？就笑嘻嘻地说："老板娘，你那杜（肚）真难猜，叫俺俩想了一宿没合眼。"老板娘说："俺不姓杜，那是俺当家的姓，俺姓'三点水，宝盖头，尾巴一翘托绣球。'"两个书生一听笑了，争抢着说："原来你姓沈啊！"老板娘指着两个书生笑着说："早知道俺是婶（沈）子怎么能想一宿呢？"人们听了哄堂大笑，两个人哑巴吃黄连，有苦难言。

老板娘用"沈字"与"婶子"的谐音，将对姓氏的谈论转换为对彼此辈分的暗示，在挫败了书生恶意调戏的同时，也趁机嘲讽了他们以示惩罚。可见，在诸如此类的故事中，巧女以言语或其他反击行为，使两性之间保持了冲突的关系，其行为的最终目的在于维护个人或家庭利益。

若出现女性受到打击或反击失败时，就需要有男性的协助。男性对角色关系的调试，多是在破坏原有秩序之后，被动地去弥合。下面试看一则故事《瓜子卖马》①：

王员外有一个娃，巧叫老实，笨叫瓜子。啥也不缺，就是没人给媳妇。有一天，王员外说："明集上去把羊卖了，称成棉花勒到羊背上驮回来。"王员外想把娃考一下。瓜子娃一听，羊卖了拿啥驮棉花呷？瓜子娃吆着羊走到张员外家门口，哭的泣泪悲啼。一个姑娘出来问："你哭啥哩？"瓜子娃说了一遍。姑娘有才，"哭啥哩，进去在我屋里拿个剪子，把羊毛剪下来

① 《中国民间故事集成·甘肃卷·泾川民间故事》，泾川县民间文学集成编委会，1991年7月，第342~345页。

卖了，尽钱买棉花，拿羊驮回来。”赶到集上，一个人要买一斤羊毛，瓜子娃一称，刚是一斤。这人说：“刚是个相。”给了钱。瓜子娃尽钱称棉花，驮在羊身上，赶了回去。

他大一见，吃了一惊，“儿呀，你咋知道这法子？”“是一个姑娘教给我的。”瓜子娃细说了一遍。王员外一听，这姑娘是个大才子，赶紧往张员外家跑去。两个员外吃了面，喝了酒，王员外开口就问：“你女子做了①没有？”“没有。”“咱俩当亲家哩？”张员外说：“能行。”到时候就把姑娘娶过来了。媳妇娶进门，王员外发了愁，咱娃是个老实腾腾，新婚夜咋……就指老婆去听，老婆回来说：“说哩笑哩，不骂不打，没一点麻达。”

跟前集市上骡马大会起来了，王员外说：“咱家老马下马驹多得很了，把老马卖了去，卖了钱使钱，不使钱扔了也行。卖一百元卖二十元都能成，钱一时拿不回来，把数拿回来就对了。”黑了，瓜子娃给媳妇说了他大的意思。瓜子娃愁得很，刚把钱数拿回来，钱以后咋要的回来？媳妇说：“你卖了马，把买马人的名字和庄头名字问好，以后好要钱。”

第二天，他大给做了一个木橛，又给娃安顿：“人要买，你说是二十元。”到了骡马会上，来了一个才子，穿的光堂，问：“谁的马？铲蹄子哩吗卖哩？”“卖哩。”“卖多少钱？”“卖二十元。”这人细细一看，马虽老，也能值一百多元。“咋这么

① 泾川方言，意思是结婚。

欠？再有少吗？”“没有，再给多不卖，给少不卖。”真是瓜子记了个死作子①。当下，那才子买了老马，税一上，给瓜子娃给钱。瓜子娃说：“我媳妇说，你钱在屋里使哩吗？街里使哩？”那才子一听，说：“屋里使。”“我啥时候来？”“你下集来。”瓜子娃问才子的名字、庄头名字。才子说：“离街不远，走过一庄又一村，走过一村又一庄，门上长的吊角树，底下有个磕米虫，我叫风向我，我向风。”瓜子娃记住了，回到家里，他大问卖了多少钱，“卖了二十元。”“钱哪？”“那人说下集上给。”他大说：“你把老马白白扔了。”

黑了，媳妇问：“卖了？”“卖了。”“钱哪？”“下集给。”瓜子细说了一遍，又问下集怎么寻得见庄头子和那人。媳妇说，下集到了我再说，到时说了你又忘了。到了下集，瓜子说他使钱去呷，他大说：“你使后去呷，能使回来啥？着去街上游去。”媳妇对瓜子说：“离街不远，过了一庄又一村，过了一村又一庄，是和街隔的两个庄子，你走过来又走过去，就到了。吊角树是皂角树，就是我洗的这，你拿上去和树上结的等一下。磕米虫是碾子。‘风向我，我向风’，那人叫‘寒冷’。你站在碾子上，叫寒冷哥寒冷哥，他就能出来了。”瓜子就按媳妇说的去做，喊了几声。寒冷一听有人叫，走出来，问：“你咋知道我名字？”“我媳妇说的。”瓜子细细叙说了一遍媳妇的话。这才子说：“对！对！走，进去我给你钱。”才子把钱

---

① 死作子，泾川方言，意思为死规矩。

数好给瓜子，瓜子娃要走，那人说："等一等，我给你媳妇买个东西。"两个人走到街里，才子买了个猪头，把白菜入到嘴里包好，"回去给你媳妇，说是买马人买下送的，你先不能看。"这瓜子娃想偷偷看一下，最后一想，干脆不看了。

瓜子娃回来把钱给他大，他大又吃了一惊，咱娃还有才哩。瓜子娃把媳妇的原话叙说了一遍，他大一听，多亏了儿媳妇，要不是儿媳妇，马价白扔了。从此，王员外把媳妇看得更酽了。这就叫：儿当明当家，媳妇当暗当家。家当的时间一长，庄里人都很吃惊，这瓜子娃为何一下子这么灵光了？

再说那天黑了，媳妇问了一遍要钱的事，瓜子娃说毕，又说那人给你买了东西。"拿来看。"媳妇一看：一朵鲜白菜叫猪拱了。媳妇这才知道，咱这一辈子白活了，要去跳河自杀，穿了一身新，天还没明就去河边哭。那才子骑了老马来到河边，一看正是那媳妇在哭，才子转来转去看这女人，前看后看，这女人就是漂亮。媳妇一抬头，哎呀，眼前这人一看就是个才子，再看骑的正是自家卖了的马。你看我，我看你，都把人看在心里了。这人骑了马过河，把马鞭子扔到河心，到河那边拴了马，又过来拾鞭子。拾了又扔了。正要走，那女人说："你把马鞭子丢了。"那人说："不要了，只要有钱了，世上比这好的东西多着哩。"说完就拉上马，藏在避背看这女人。女人看不见才子，才子等女人的动静哩。这女人想：王员外钱多，咱一死，人家又能娶得起，干脆不死了。大哭了一场，哭毕就回去了。这人一见女人没死，也欢欢喜喜地骑马回去了。

等了几天，这才子来跟集，见了瓜子娃问："家里还有何人?"瓜子说："我大跟了会，我妈走了我舅家，只有我媳妇在家里。"这才子穿了新衣，骑了老马，来到瓜子娃家中。这女人一看，又是那才子，就招呼了一晌午。才子把面吃了，女人送到门口，背靠住大树立着。才子把一脚踏在地上，一脚入了蹬，接上做诗："你说我上去吗下来呷?"那女人把脚蹬在门槛，"你说我出来吗进去呷?"那才子忽然有痰："你说我吐了吗咽了呷?"那女人摸了摸腰："你说我屙呷吗尿呷?"才子对不过，走了。以后，才子明打明的当着亲戚走着。有人见了眼热得招不住，说道："人家骑马为朋友，别人溜墙为朋友。"这就叫才子对才子。

《瓜子卖马》讲述了一个相当典型的故事：聪明的妻子陪伴着一个愚蠢的丈夫，在她帮助丈夫找回了卖马的钱财之后，得到了买马人的恶意礼物。拙夫无知的传递，恶意礼物的暗示都让妻子觉得生活无望，于是她企图自杀。应该说，自尽是巧女感情冲动的表现，只有转变她的决定，故事才能留住主角。如果说巧女决定的改变是其情感向理智的妥协，那么就需要出现某种行动，来唤醒女性的理智。所以故事安排了才子后来的行动：用"反复扔捡马鞭"的行为引起女人的关注，暗示女人"她的死是无意义的，拙夫有钱还可以再娶"。故事让男性对手事后采取行动，弥补他对女人原有生活秩序的破坏，实际表明了民众在对待两性冲突时的两难境地：一方面，民众无法摒弃社会文化赋予两性的差异，因此两性冲突在故事中频频闪现；

另一方面，在不涉及国家、民族时，家庭利益是首位的，民众不会允许角色冲突危及家庭。正如俗语所说，“宁拆十座庙，不毁一门亲”。因此，才会让巧男采取这种事后弥补的折中方式。故事结尾部分的对答与才子最后的无言以对，都可以看做对女性尊严的一种补偿，表明女性在挑战中的失利与智慧无关。故事没有分出男女的胜负，也从另一个角度说明在调试角色关系时的两性协作。

故事讲到这里，我们重新回顾一下各类角色之间的行为互动，就会发现，巧女故事基本上都把叙述的焦点集中在巧女的解困代言行为上。如果说中国传统的文化认知渗透在许多民间创作之中，使得男性被塑造成无所畏惧的强者，那么巧女故事却反其道而行之，让女性主人公替代男性成为了强悍的保护者。讲述者这样做，就是要通过这一女性角色在顺应或反抗某种文化压力时展现的言行才智，来叙述他们对女性现实不利处境的实在认识和补足想象。因此他们虚化了传统社会护佑家庭和女性的强大力量，为巧女故事设置了特殊的活动场域：男性缺乏或是男性庇佑能力匮乏的家庭。巧女是聪慧的，她们安然地持家守成，从未刻意或主动去承担和代表什么，但她们是“不幸”的，因为她们所要依靠的男人不够强大，不能庇护她们和家庭。为了家庭的存在她们必须强悍，走到台前是时势所推。巧女的层层过关，实际上是在规范禁忌边缘的游走，巧女的智巧在于她们把握了社会禁忌的尺度。故事中的女性从来都是清醒和理智的，清楚男性社会赋予女性的生活定位，也明了她们在家庭场域中的职责，以及社会所能容忍她们触及禁忌的条件。这种表述足以说明讲述者对社会现实有着清醒的认识，对女性的地位也有着明确的把握。

第五章

故事想说什么——巧女故事中的民间女性观念

我们知道，民众讲述和聆听故事，并不单纯是为了享受娱乐，还有更为重要的目的，就是要传达和交流彼此对生活的认识与期待。这种目的透过讲述投射在文本里，逐步凝聚成故事中的文化观念。换句话说，故事中的文化观念包含着两个层面的内容：一个是接近于生活实际的层面，其内容反映了民众对现实生活的认识和思考；另一个是与现实形成反差的层面。我们知道，民众在创作民间故事时，可能会营造一个虚拟的空间来讲述自己的欲求。但这个空间并不是凭空想象的，而是一种基于现实生活的创造。这一层面的内容是民众的渴求在被严重抑制和禁锢的情况下产生的逆向表达。反差部分透露出的反抗或挑战意味，恰恰是民众意志的体现。由此我们可以确定，隐匿在反差背后的就是民众以观念形式表达的希望和期待。循着这个思路，我们尝试从巧女在故事活动中的基本境遇和实际表现出来的特征入手，来概括民众投射在巧女这一女性角色身上的情感需求和道德评价，从而探赜（zé，音同责。精微，深奥）中国巧女故事中的三种民间女性观念，逐一将存留在故事中的民众思想和欲求呈现出来。

利益为先：民间女性智慧观

巧女故事通过破题解困的行动，展现了民间女性在解决以家庭或家族问题为中心的难题时的机智慧黠和迎接挑衅时的勇敢泼辣。巧女们所显露的聪慧，不仅大大增加了故事的艺术魅力，也使得这类故事在民众质朴的口语表述中代代相传。

民众的创作初衷是质朴而实在的，他们将自己最关心的现实问题——如何维护家庭和个人利益——纳入了巧女故事的表述之中，通过巧女的言行来传达他们的持家要求和处事原则。在这种传达过程中，巧女的智慧凸显于各种行为之中，成为了故事叙述的重中之重。不过，故事中，老百姓对女性智慧的要求，会随女性与家庭关系的远近变化而有所不同。这种变化与民众对家庭这个社会组织单元的认识有关。他们知道，家庭是需要依靠全体成员的通力合作才能向上跃升的整体，所有人都和家庭的兴衰命运紧紧维系在一起。因此，确认女性与家庭之间的关系，实质上就是在衡量女性同家庭整体利益之间的关系。

一、彰显个人尊严的机智

当巧女处于家庭关系之外、单纯为维护个人的尊严而战或与家庭整体利益关联不十分密切的情况下，巧女之巧全部体现在她们的破题智慧上，这种智慧从心智和口才两个方面得到了充分的展现。下面我们试以两则故事为例，考察这一情况中巧女智慧的展现过程。《想占便宜吃了亏》[①] 故事中，二流子狗胜儿想占五姑娘的便宜，结果却被五姑娘痛骂得哑口无言：

五姑娘正在河边洗衣服，忽听背后有人怪声怪调地说："五妹子，给谁洗衣服哪？"五姑娘回头一看，原来是村里的二流子狗胜儿。这小子无父无母，光棍一条，偷鸡摸狗，游手好闲，专爱找姑娘、小媳妇儿的便宜。今儿个不知怎么的，这小子偏到河边溜达来了，恰巧碰见五姑娘洗衣服。于是走了过来，咽了口唾沫，没话找话地跟五姑娘套套近乎，兴许能占点便宜。

五姑娘知道这小子不是好玩意儿，理也没理他，照旧低头洗衣服。狗胜儿见五姑娘不理睬他，索性没脸没皮地凑了过去，脱了鞋，挽起裤腿儿，坐在了五姑娘搓洗衣服的大石板上。这小子扫了一眼五姑娘那秀美的脸蛋儿，又咽了口唾沫，"嘿嘿"地笑了两声，然后一边用双脚玩着河水，一边不三不四地说了四句顺口溜："一间房子四面壁，一条火炕半张席，还缺一个小媳妇儿，不知妹你愿意不愿意。"五姑娘听罢，肺都要气炸了，立即"回敬"了四句："癞蛤蟆想吃天鹅肉，睁着眼睛把梦做。撒泡尿你照一照，看你还有几分德。"狗胜儿

① 《韩老大和五娘子的故事》，河北省唐山市民间文学三套集成办公室（内部资料），1986年7月，第165～167页。

厚着脸皮，接过来说："管他有德没有德，有个老婆就快活！只要妹你答应我，我把火炕烧得热。"五姑娘气急了，哪肯让他戏弄！狗胜儿的话音未落，她便反击过去："你妈生你这个货，狗都比你强得多。何不找来你亲妈，拜个天地做老婆！"

这下，可把狗胜儿噎住了。他伸着脖子，干咽唾沫。这工夫，五姑娘正好洗完衣服。她把衣服放在盆子里，猛地一踹洗衣用的石板，顺手端起盆子走了。狗胜儿呢？万没想到五姑娘会来这一手，"扑通"一声，坐在了河水里，成了个落汤鸡。

另一则故事《半张嘴》① 中，也有巧妇讥讽挑衅者的精彩对话：

从前，有个秀才叫周志先。因为他瞧不起庄稼人，爱在人前显示，人们都给他叫"周自显"。有一天，他骑马去县衙办事，半路见一个老头儿耪地，他就说："老头儿老头儿，从早上到现在，一共耪多少锄了？"老头儿被问得脸红脖子粗，心想，这叫人问的话吗？周自显见难住了老头儿，又说："我明天回来还从这里路过，你想起来再告诉我。"说完就得意扬扬地走了。

老头儿回到家挺不高兴。老婆子问他为啥，他就把耪地遇见秀才的事儿说了一遍。老婆子说："这点小事也值得发愁，明天他再问你就说，'逢单日人家问我，逢双日我问人家'。今天是十七，明天是十八，你问他从昨天到现在，他的马一共走

① 《河北省秦皇岛民间故事选》，中国民间文艺出版社 1989 年，第 851、852 页。

了多少步。”老头儿一听挺高兴，第二天就早早下地等周自显。时间不长，周自显真回来了。他停住马问：“你想出来没有?”老头儿说：“单日人家问我，双日我问人家。今儿个是双日，该我问你了。从昨天到现在，你的马一共走了多少步?”周自显直翻愣眼，只好说：“你个老头儿没这点能耐，是谁给你出的点子?”老头儿说：“是我老婆。”周自显一听，说：“一个臭女人，我只用半张嘴就能说过她。”说完，他就用膏药把半张嘴粘上了，来到了老头家。一进门，看见一个女人在屋里切菜，就喊：“大嫂在家吗?”屋里人搭了话，把他让进屋。周自显一脚门里一脚门外地说：“你说我是进去还是出来?”那女人指着菜板子说：“你说我是切菜还是切肉呢?”周自显见自己没显出去，只好自己进屋，一屁股坐在锅台上，问：“大嫂，大哥干啥去了?”那女人说：“他赶着一头小毛驴，到锅台上耕地去了。”周自显一乐说：“快让你老头子下来，不怕驴粪拉在锅里?”女人说：“我那老头子是蠢材，赶驴耕地上锅台，半尺白布兜驴腚，驴粪怎能掉下来?”周自显一听是在骂自己，赶忙扯下嘴边的膏药。女人见了又说：“驴的屁兜已扯掉，驴粪可要拉出来。”周自显被骂得一句话也答不上来，只好灰溜溜地走了。从那以后，周自显再不能显了。

上面的两则故事分别展现了巧女以心智破题、以口才论争而获得胜利的智慧。《想占便宜吃了亏》为巧女五娘子设置的难题是由二流子狗胜儿的调戏引起的名节危机和尊严受损。在这则故事里，事件的发生场域在家庭外部，而且巧女行动的最终目的与家庭利益无直接关系。故事中巧女回击的言辞看似粗俗，但细细品味之后，却不得不为巧女之巧而折服。我们从五娘子泼辣的责骂中，看到的是巧女维护自身利益的坚决态度。从她对“狗胜儿”这个名字字面意思的灵活运用中，看到的是其智慧的完满显现。具体来说，当五娘子把“狗胜儿”这个名字的意思转译为“狗都比你强得多”时，既痛斥了二流子的不良企图，也以暗示的方法将其与畜生等同，狠狠地嘲讽了他。《半张嘴》为巧女设置了两个难题，即“帮助丈夫回答无理问题”和“秀才源自蔑视女性的恶意挑衅”。前一个难题使巧女处在家庭关系之中，她与周自显之间由丈夫做中介的对抗确实是为了保护家人，但从故事透露的信息看，其行动目的与家庭整体利益之间的关联并不十分密切。后一个难题使巧女逐渐远离家庭关系，巧女的行动目的是捍卫自身。与《想占便宜吃了亏》不同，这则故事从心智与口才两个方面共同展现了巧女的智慧，其心智之巧表现在女人事先洞悉了秀才的挑衅意图，并未轻视他的寻常问话。其口才之巧表现在女人先后用“白布兜驴腚”影射周自显“用膏药粘上半张嘴”的举动，用“驴的屁兜已扯掉”影射他“扯下嘴边膏药”的举动，以等同秀才的言语和驴粪，暗示了秀才非人而是牲畜的嘲讽。相较而言，虽然从其言辞表述的方式看，两则故事有犀利与含蓄的区别，但在反击挑衅的程度和彰显智慧的成效上却是相同的。

对以上两个故事的分析可以说明，当巧女行动与家庭利益关联不大时，故事讲述的是女性的个人行为，而其中极力张扬的则是女性的个人智慧。民众对这种智慧的期待，就表现在巧女从心智和口才两个方面展现的破题能力。

二、维护家庭利益的才干

当巧女被纳入到以家庭利益为核心的关系网络中，其行为目的与家庭整体利益密切相关的时候，巧女之巧集中表现在她们持家守业和处理人际关系时的智慧上。与上一种情况相比，处于家庭利益网络中的巧女智慧是通过手艺、口才和心智三个方面得以展现的。巧女是操持家务的主妇，面对大家庭复杂的内外关系，她们必须手巧，才可领会长辈的意图，做出令人满意的衣物饭食；口利，才会在维护自己和家庭利益时立于不败之地，把对手驳斥得哑口无言；心灵，才能明辨是非利弊，持家守成。三者相互关联，缺一不可。女性智慧的实际应用，使巧女们无一例外地成为了持家能人和处事高手。

持家、发家是老百姓日常关注的要事，因为家业的发展状况关系着家庭或家族在社区生活中的地位与声望。家翁或家婆对家产控制权的转让，给巧女提供了显露智慧的机会。对于持家权的转让，民众是抱着慎而又慎的态度的，所以在故事中设置了多重关卡以考验巧女的持家才能。总体而言，故事传达了三种要求：一是善于经营的头脑，二是勤俭持家的品性，三是操持家务的才干。任何一个承继持家权的人，都必须具备上述三个条件。试看下面一则善发家故事《三个铜钱的压岁包》①：

从前，兰溪北乡尽是山连山、岭连岭，数十里地没有人家住，只在那深山坳里，有个叫富足庄的地方。

庄上住着一个老爷爷和他的三个儿媳妇，日子倒还过得安稳。一天，老爷爷想：自己年纪已经六十出头，管理这份家业实在很吃力，该怎么办呢？儿子都在外地帮长工，只有同媳妇们商量商量。于是，便叫来三个媳妇，谈了自己的这份心事。谁知道没待老爷爷说完，大媳妇便抢先开了口："公公，我看我们家，穷不穷，富不富，也有三间大草铺，兄弟三人正巧每人一间，不说太多，也不嫌太少。你老人家一生一世够辛苦，趁眼前享点清福，天不管，地不管，到我们家来现成捧个饭碗。"老爷爷听了摇摇头，叹了一口气。

二媳妇马上接着说："我们家没一亩田没一亩丘地，只得自己管自己，公公你喜欢到哪家去吃住，任凭你挑选。我们家虽然吃鱼吃肉不容易，粗茶淡饭总有的，保证不让公公饿肚皮。"老爷爷仍是摇摇头，叹了一口气。

接着，该轮到三媳妇讲了，只见她不慌不忙，笑眯眯地说："公公！依我看，三个兄弟一条心，门前黄土出黄金，我们都有十亩田、十亩地，加上一心一意，还有什么可担心！"这一下，把两个伯母搞得丈二金刚摸不着头脑，糊涂了，连忙异口同声地问："三婶，说话不要吹牛皮，一是一，

① 鲍放编：《巧女的故事》，上海文艺出版社 1981 年，第 58～62 页。

二是二，你要说个明白，我们家的田地在哪里?”她俩一边这么说，一边心里却在想：莫不是公公有偏心，私自把田地交给她了。所以嘛，脸孔虽然对着婶子，眼睛却直盯着老爷爷，一心急着要婶子交出田地来。三媳妇呢，还是笑嘻嘻道：“两位伯母，不要不相信，我们的田地，一不是做贼偷来，二不是花钱买来，是亲爹亲娘给了我们的。”只见她随即把双手一举，伸出十个指头：“喏！这是十亩田。”接着又把脚一抬：“喏！这是十亩地。”弄得两个伯母哭笑不得，半晌，也不知该说什么才好。

坐在一旁的老爷爷连连点着头，摸着胡子“呵呵”地笑了起来。这事就这么定了，叫谁来当这份家呢？老爷爷心里一清二楚。三媳妇的确是个能干人，可是老大、老二两个媳妇也不是容易对付的，空口说白话，怎能叫人服气呢？要是一家人你朝东，我朝西，三媳妇有再好的主张也是白搭。想来想去，眼看已到了大年除夕。一家人刚吃完年夜饭，只见老爷爷拿出三个红纸的压岁包，分给三个媳妇，说：“今年的压岁包，和往年不同，只有三个铜钱。可你们不要嫌它少，要是会安排的人，便能做一件有意义的事，看你们谁能做到。”

大媳妇和二媳妇本来就嫌这压岁包太少，心里正在嘀咕，真是个吝啬鬼，竟还要拿这三个铜钱，去做件有意义的事，就都紧闭嘴唇不做声了。站在一旁的三媳妇，想了想说：“公公！三个铜钱虽很轻，但它的用场重千斤。我一定想办法做好一件事。”

大媳妇拿到压岁包根本不当一回事。第二天大清早，正月初一，孩子吵着要买鞭炮，她随手把压岁钱给了孩子。二媳妇拿了压岁包后，心想：三个铜钱怎么能做事呢？而且还要有意义的事，真是笑话，要是钱多一点，放些利息，倒也不错。可是，只三个铜钱，唉，算了吧！便把压岁包丢进梳妆盒里，这件事也就丢到脑后去了。三媳妇自从在公公面前许下了心愿，就仔仔细细地想了一个晚上，第二天，她便依照自己想好的计划去做。

时间过得真快，一晃就是三年。转眼又是除夕了。老爷爷想起三年前给的压岁包，便在吃年夜饭时问三个媳妇道："那年给的三个钱的压岁包，你们做了些什么事啊？"大媳妇想来想去，一直想不起来，倒是站在一旁的小孙子插嘴说："爷爷，你问那三个铜钱吗？妈妈早就给我买鞭炮，噼噼拍拍一下就完了。"老爷爷听了，生气地摇摇头。二媳妇听到老爷爷问压岁钱，早就想好了回话，只听她说："公公，我的压岁钱放得好好的，等有机会做件有意义的事哩！"老爷爷听了，仍是生气地摇摇头。

问到三媳妇时，只见她不慌不忙地说："我用那三个铜钱，已经买了一头小牛啦！"大家听了都以为自己的耳朵出了毛病。老爷爷却高兴地摸着胡子说："三媳妇！你讲讲看，怎样买到小牛的。"

原来，三媳妇儿在那年除夕晚上，想定主意后，第二天就拿这三个铜钱，买了两个鸡蛋，孵了两只小鸡，过了几个月，鸡就生蛋了。她又把蛋孵小鸡，鸡大了，又生蛋，蛋多了，又孵鸡，就这样鸡生蛋，蛋孵鸡，翻来覆去。第二年，足足有七八十只啦！她又把卖鸡卖蛋的钱凑起来，买来一头小猪。三媳妇儿是个两手不肯闲的人，不上一年，又卖掉大猪，刚好买回一头小牛。爷爷听了，不住地点头，说："三个铜钱看来很少，会安排的人就能做很多事，这个秘诀嘛，就是'巧划算，勤劳动'。"一席话，说得大媳妇、二媳妇满脸通红，低下了头。从此以后，老爷爷就叫三媳妇当家了。两个伯母再也没有二话，妯娌三人有商有量，日子越过越兴旺。

家翁的难题涵盖了持家的三项要求，而且加入了讲述者的道德判断。二媳妇能够想到用放利息的方式以钱生钱，说明她有一定的经营头脑，但老百姓并不认可这种缺少实干的方式，因为这不是长远的持家之道。三媳妇所以成功，不在其经营方式的高深，是在她不嫌弃小利，是个"两手不肯闲的"勤快人，又是饲养家畜的好手，而且能想到简单实用的蛋鸡相生的经营之道。三媳妇具备了全部的持家条件，才能顺利通过考验，掌握了持家权。故事告诉听者，巧女之巧其实是勤劳与远见的复合。聪颖固然有天赋的关系，但缺少了勤劳好学的品质和日常对家务的熟练，巧女们恐怕也再难称"巧"了。

老百姓懂得"不积跬（kuǐ）步，无以至千里"的道理，他们讲究的节俭和善于计算，主要体现在对小利的节省和运用上。故事讲述的基本是庄户人家的生活，所谓"庄户人的日子就靠个人过"，懒惰是庄户人的大忌。所以长辈看重的就是巧女表现出的勤、节、用。比如《巧选当家人》[1]：

从前，有个王老汉，为人忠厚老实，一生勤勤恳恳，省吃俭用地操持一家。他把一个铜钱当成元宝，一颗米粒看成珍珠。吃了这般苦，王老汉白手起家，虽不能称富一乡，倒也把牛马农具、砻（lóng，音龙）磨风车添置得样样齐全。

时光过得飞快，老汉渐渐觉得自己老了，操持家务显得越来越吃力。他身边有四个儿媳，究竟交给谁当家合适呢？心里捉摸不定。俗话说，“发家是新婢”[2]。几个新婢当中，要数细新婢[3]是个治家的料子。但她是新婚媳，又是排行最小，选她当家，恐怕做嫂子的不服，老汉常为这事发愁。春节已过，元宵节快到了。这天，老汉在厅门口放倒一把扫帚，在台阶前放着一枚缝衣针，然后叫四个媳妇到厅堂来商量事情。

大嫂来到厅堂前，一眼看到倒在地上的扫帚，心里想：“拾了扫帚，能看见厅堂脏了不扫吗？莫理它。”跨过扫帚进了厅堂。上台阶时，她见阶上掉着一根亮闪闪的缝衣针，又想一根缝衣针值什么？连弯腰都懒得。紧接着，二嫂、三嫂也来了。她们都想：“你前头走，比我大，不动手，不弯腰，我也装做没看见吧。”她们也像大嫂一样走进厅堂。细新婢最后到，看见扫帚倒在地上，忙操起扫帚，麻利地把厅堂打扫得干干净

① 《中国民间故事集成·福建卷》，中国 ISBN 中心，1998 年 12 月，第 699～702 页。

② 新婢是福建长汀县的方言，意思是儿媳。

③ 细新婢是福建长汀县的方言，意思是小儿媳。

净。扫到台阶上看到缝衣针，连忙拾起来别在衣襟上。这些事她做得自然、大方。嫂子们看到眼里，不知是嫉妒还是惭愧，心里酸溜溜的，老汉满意地点着头。

老汉对众儿媳说：“叫你们来，是问问你们元宵可要回娘家？”大嫂、二嫂、三嫂异口同声地回答：“要、要、要。”只有细新婢笑着说：“三位嫂嫂忙了一年，是要回娘家好好地松口气。我刚来不久，就让我留下来服侍公公吧！”老汉又是点点头，说：“那么你们三个人回娘家十五天一定要回来。”紧接着，老汉对大儿媳说：“你回来时带个纸包火回来。”转向二儿媳说：“你带篮担水回来。”又对三儿媳说：“你带篾带风回来。”说罢又吩咐三个儿媳要准时回来。

三个儿媳十分高兴，想不到老公公平时什么都抓得紧巴巴的，这次竟让回娘家这么久。可一转眼她们都难住了，上哪找那奇怪的“纸包火”、“篮担水”、“篾带风”呢？三个人想来想去都没法，正在着急，只见细新婢笑着追上来问：“敢问大嫂娘家可会扎灯笼？二嫂娘家硬编油箩？三嫂娘家莫非做竹扇？”三个嫂子奇怪地同声说：“对呀，你是怎么知道的？”细新婢笑着说：“刚才公公要你们各人带一件娘家的东西回来，我是猜猜看。”

三个嫂子连忙问：“这又与我们要带的东西有什么关系呢？”细新婢抿着嘴笑笑说：“大嫂，灯笼点上蜡烛，红纸包当头照，起早睡晚勤辛劳。二嫂，挑鱼箩能担水，点滴不漏都到缸。”三嫂拍着手说：“敢情我的是片片竹篾编成扇，清风徐徐透心凉？”细新婢点点头。三个嫂子恍然大悟。大嫂一挥手说：“走，咱们这下可以安安心心、痛痛快快地在娘家住它十五天啦！”细新婢说：“不，据我看你们在娘家只能住五天。”三个嫂子忙说：“我们听得清清楚楚，公公说是十五天。”细新婢说：“公公说的是三个去十五天就回来，如果各去了半个月，岂不变成了四十五天啦？”“啊！”三个嫂子如梦方醒，佩服细新婢的精明。

五天后，三个儿媳都按老汉的吩咐将东西带回来了。老汉连连夸奖儿媳们的聪明，三个人朝细新婢直笑，细新婢红着脸不做声。老汉一看明白了，打定主意要她来当家。老汉指着院子里刚收下来的一堆甘蔗，对四个新婢说：“我想把它当柴烧，只怕烧不旺，看你们谁能想个法子告诉我。”大儿媳抢着说：“劈个对半晒晒干，入灶一定烧得着。”二儿媳紧接着说：“不，灶里放柴起大火，柴里夹蔗火更旺。”三儿媳却说她们俩的法子都不好，应该劈细甘蔗，浇上松油，烧起火来，赛过蜡烛。老汉听了她们的主意，不由轻轻叹口气，把目光对准细新婢。只见细新婢不慌不忙地说：“嫂子们说得有理，只是好好的甘蔗烧掉岂不可惜？我想不如将甘蔗榨水熬成糖，蔗渣引火自然上火。”老汉一听大喜：“行行行，我的细新婢会当家。”说完笑哈哈地从蔗堆里抽出一根甘蔗，递给细新婢说：“孩子，你回答得好，这蔗就赏给你一人吃。”细新婢接过甘蔗，顺着蔗头分给公公、大嫂、二嫂、三嫂各一节，自己留下蔗尾，说：“公公，让咱们全家‘公甘同味，共尝甜头’吧！”

老汉连连点头，接着他掏出四十文钱，排在桌上，分成四堆，对四个新婢说：“我老了，不能再操持家务了。现在，你们各人将这十文钱拿去办十个菜，明天中午办好。谁办得好，这个家就谁当，不可争议，去吧！”三个新婢拿着钱，目瞪口呆，面面相觑，不知如何是好。只有细新婢微笑不语。

午饭时，大新婢、二新婢、三新婢苦着脸各自端出几碟菜，都是些豆腐渣、菜干、萝卜丝之类，一齐对老汉说：“公公，这十文钱实在无法办成十个菜。”这时，只见细新婢从厨房里端出一盘热气腾腾的韭菜炒豆腐，老汉一见笑着说：“孩子，你怎么才一个菜呢？”细新婢从怀里掏出剩下的几文钱交给公公后说：“公公，韭（九）菜加一个豆腐不是十个菜吗？”老汉称赞地说：“你们大家都服气吧？从今天起这个家由细新婢来当。”

细新婢红着脸还要推辞，但大家一致心服口服坚持推举她，她只得答应下来。从此，细新婢当家了，处处精打细算，孝顺公婆尊敬兄嫂，一家人和和睦睦、互敬互爱，日子越过越安乐。

小儿媳获得家翁赏识的行为，同样做到了持家守业的三项要求。扫地、拾针显示了她的勤劳，巧烧甘蔗则展现了她的聪慧和对家务的熟识。值得注意的是，小儿媳得到家翁赞赏后的行为：以“公甘同味，共尝甜头”为名将甘蔗分给众人，这种举动的目的是在缓解其他妯娌的不平怨气、维系家庭的和睦，从中还能让人领略到小儿媳的言语之妙。

统观上面两则故事，它们都是通过家翁的测试形成了最小的儿媳与其他妯娌之间的竞争。妯娌们在竞争中的落败，不是因为缺乏理家的能力，问题出在她们对待家事的态度和解决问题的方法上。具体来说，《三个铜钱的压岁包》中的妯娌因为对“三个铜钱”的小利毫不在意，所以从当家人的甄选中落败；而《巧选当家人》中，妯娌们失利的原因除了忽略小利之外，还有她们对待家事的懒惰态度。与这些拙女不同，巧女对待家居生活中的任何事情，都是认真肯干的，即便是“三个铜钱”的小利、“扫地、捡针”之类的末节小事，也不会疏于理会。每件事的做法都是经过细心思索后的决定，不会因求成而蛮干，也不会因艰难而畏缩。她们的精明是骨子里的，没有丝毫做作。虽然只是小事小利，却能体现出民间“巧划算、勤劳动”的持家原则。从上两则故事讲述的事件看，巧女的智慧不是天马行空的无所不能，而是来自于现实生活需求的务实才能。其中，当然包括巧女心智的灵巧和对家事的娴熟，但更重要的是有勤俭为上的持家理念和踏实肯干的生活态度。如果从角色互动的角度观察，那么这两则故事中翁媳之间的考验、妯娌之间的竞争，也同时牵扯到展现巧女智慧的另一个侧面，即她们处理各种人际关系的能力。

巧女故事里涉及了家庭内外的各种关系：长辈与晚辈之间、平辈之间、邻里之间、官民之间等。每一种关系都等待着巧女——未来的当家人处理。她能否保持家内关系的和睦、家外关系的妥当，都直接涉及家业的兴衰，所以处理家庭内外关系，也成为评判巧女才能的重要标准。面对复杂的人际关系，民众要求巧女采用不同的方式。面对家人要委婉含蓄，尽量保持家庭中的和睦，关于此点，我们从上两则故事中可窥一斑。但在处理家庭外部关系时，要分而治之：当来自外界的挑衅不足以危及家庭或个人利益时，要秉持以和为贵的传统。这种情况在“恶意欺诈巧女勇斗智”中表现得最为明显。百姓注重邻里关系，邻里之间的互相往来帮助，对家庭的运作和社区形象是重要的。俗话讲，“邻里一条心，黄土变成金”①。所以在邻里争执发生之初，巧女最先采取的是忍让，直到求和失败，争执变为讹诈，并直接危及家庭经济利益时②，她们才会反击。然而，一旦挑衅变为恶意，造成困境时，巧女则要严厉泼辣，运用锐利的语言击败他们，不让家庭利益受到损害。在面对其他恶意挑衅者，尤其是对危及女性自身名节的外来对手，她们无所顾忌，从两性冲突开始就予以反击。在反击时，伶俐的口才是巧女使用的一件利器。比如《上坟》的故事③：

清明节，五娘子去为去世的公爹上坟，一边哭，一边烧纸。有一个秀才，打这路过，看见一个少妇在哭，眼一溜，没

---

① 此俗语摘自《巧嘴媳妇》，《天南》，广东省民间文艺家协会编，1999年5月刊。

② 这种情节在恶意欺诈巧女勇斗智中比较常见。另外，其他的讹诈也出现在酒肉朋友型、免赌债型中。

③ 秦玉林、王国新主编：《唐山市民间文学三套集成丛书之一·韩老大和五娘子的故事》，河北省唐山市民间文学三套集成办公室（内部资料），1986年7月，第226页。

旁人，就说："一顷地，两所宅，既没老婆又没孩。哪位娘子不嫌弃，跟我一块回家去。"五娘子一听，高声说："酸秀才，甭胡闹，我本戴得公爹孝。丈夫出门做买卖，当年去了当年来。熬瞎你那绿豆眼，看你脖长四腿短。"秀才一听，这个妇人不好惹，灰溜溜地走了。

五娘子面对秀才的调戏，以"熬瞎你那绿豆眼，看你脖长四腿短"这般泼辣的言辞将对方骂得哑口无言。这些从故事中透露出的信息里面，包含着老百姓朴实的处事原则：长幼之间的尊重，平辈之间的公平，邻里之间的友善，官民之间的敬而远之。这种原则的中心仍然是维护家庭及女性自身利益。老百姓不喜欢纷争，但也不惧怕纷争，所以面对纷争，民众的态度是人不犯我，我不犯人，人若犯我，我必犯人。

从上文简析看，一旦巧女被纳入到家庭利益的网络中，其破解难题的行为就不再是个人行为了。无论故事中出现的角色互动是冲突还是协作，巧女的行为结果都是与维护家庭整体利益密切相关的。故事传达的持家要求和处事原则表明，附加在巧女行为之上的家庭利益，为女性智慧烙上了务实的标记。这种务实的特色恰恰是与现实生活对主妇的要求相符合的。在笔者的田野访谈中，接受调查的老人在谈及对媳妇的要求时，意见十分一致。他们要求媳妇"不嚷架、不惹气"，"稀罕爱做活计的勤勤媳妇”[1]。这些要求，与故事中所期待的巧女才能如出一辙。可见，社会的变迁虽然在逐渐改变着民众的想法，但他们衡量巧女才能的准绳一直没变，核心始终是维护家庭和女性自身的现实利益。

综上所述，我们可以确定，沉积于巧女故事文本中的民间女性智慧观，是附加在各种利益之上的。随着女性与家庭利益关系的变换，故事也在诉说着对女性智慧的不同要求。如果说故事是民众传达其生活认识的手段，那么我们就可以将这种要求看做是民众对理想女性才能的期许在文本中的反映。

规范折中：民间女性伦理观

故事中与智慧应用紧密相关的，是民众对巧女的道德要求。礼仪伦常经过民众的诠释，转化为约束女性行为、维持现有生活秩序的民间伦理规范。这种伦理规范渗透在巧女故事中，具体表现在重孝和守节两方面。

一、巧女故事中的行孝观念

“孝”是故事借以衡量巧女的重要道德尺度。在现实生活

---

① 在访谈中，“能挣钱”也被添加在对女性持家能力的评判中，这个要求同样关系到家庭的现实利益。讲述者康素莲，女，63岁，河北滦县高各庄村村民。在调查过程中，谈到对媳妇的要求时，其他访谈对象都同意她的话，所以此处引用此话。

中，女性需要经过男性家族伦理秩序的认同，并承受父系家族对自己的角色指派以后，才可能拥有家族事务的主妇权。那么女性要获得认同就必须顺从“行孝”的民间伦理规范。这种孝道的要求在老百姓那里是简单而实在的，他们需要的是小辈的敬重和老来的衣食无忧，也就是“养儿防老”，为晚年的生活提供一种保障。故事中频频论孝，实际反映了民众对现实生活中子孙忤逆、老无所养的担忧与批判。

在家中向长辈尽孝，这是毋庸置疑的规则。巧女故事中表现孝道的有两类：赡养和避讳，分别讲述了在翁媳和婆媳关系中行孝的两种情况。试看下面两则故事。

《摔碗记》①：

有个不孝敬老人的刻薄媳妇，为让婆婆少吃点，顿顿用个豁子碗给她盛饭，也不管婆婆够吃不够吃。她婆婆为了免生气，也没敢给媳妇争吵。后来，老婆婆的孙子娶了媳妇。孙媳妇和儿媳妇大不相同，她特别孝敬老人，对奶奶也挺好，天天问长问短，并常常伺候。

有一次，孙媳妇用了个好碗给奶奶盛饭，被婆婆看见，夺了过去，没好气地说：“你奶奶她老了有啥好赖？这个豁子碗就是专给她用的。”说着又用豁子碗给婆婆盛了一碗饭。孙媳妇当时很不满意，可也没说什么。

孙媳妇回屋后，为让奶奶能用好碗吃饭，并使婆婆能去掉

---

① 《中国民间文学三套集成·邯郸地区故事卷》（下册），中国民间文艺出版社1989年，第240、241页。

不孝敬老人的恶习，就琢磨了个点。她给奶奶说：“今后我婆婆要是用豁子碗给你盛饭，你就给她摔了。”奶奶说：“那能行呀！要是把豁子碗摔了，好碗人家也不叫使，还不把我活活饿死？”孙媳妇说：“请奶奶放心，等我在这儿时，你当着我和婆婆的面摔碗，我有办法让婆婆给你换个好碗，叫她今后也孝敬你老人家。”

有一次婆婆给奶奶盛饭，孙媳妇也在跟前，她就给奶奶使了个眼色。当婆婆递给奶奶豁子碗后，奶奶说：“我不使这个破碗！”说着就把那个碗摔在地上，摔了个粉碎。这时，孙媳妇就说：“我的好奶奶，你咋把传家宝碗摔坏，往后还有人使这个碗哩，摔成这样，你叫我还咋着往下传？”她婆婆一听，心里说：“不好，我老了媳妇也叫我使豁子碗呀？这万万使不得。”她想到这里，就连忙拿了个好碗给婆婆送来一碗饭，并双手递了上去，以表过错。从那以后，这个不孝敬老人的媳妇，对她的婆婆就渐渐地好了起来。

《忌九的儿媳妇》①：

有个老头叫老九，娶了个儿媳妇很孝顺又很聪明。她知道公公叫老九，所以说啥话也不带九字，连九的同音字也要避开。老公公逢人就夸儿媳妇好。老公公有个老朋友看他来了，老公公对老朋友又夸自己的儿媳好哩，老朋友不大相信，决定亲自试试。老公公说：“着，叫你老弟开开眼儿。”

---

① 《中国民间文学集成·武安民间故事卷（续集）》，河北省武安县民间文学集成编委会（内部资料），1988年4月，第450、451页。

第二天，老公公和老朋友商量好了，老公公假装睡觉，把门插上了。不大会儿，街门口有人敲门喊道："俺叫张老九、李老九，一人拿韭菜，一人拿黄酒，明天九月九，请九哥到九龙庙前去吃酒。你可告给你公公说呀！"媳妇说："知道了。"回头走到公公屋门口高声说："爹！张三三，李四五，一个拿镰除根儿，一个拿二黄煮，叫爹重阳日，到七二庙前去盅对口。"老公公说："好。"老朋友在门口听得一清二楚，夸奖说："嗯！真是个又聪明又孝顺的好媳妇！"

这两则故事分别说明民间孝道所包含的两个方面：养老与敬老。《摔碗记》重在表现养老观念，教育功能显而易见。值得注意的是，这则故事中存在着双重的婆媳关系：老婆婆和媳妇，媳妇和孙媳妇。在刻意忽略了外界舆论和家庭其他成员的作用之后，故事的叙述使婆媳之间非理性的情感纠葛在一个独立空间内完全地展开，同时将行动的主动权赋予媳妇一方。无论是儿媳妇对婆婆的"虐待"，还是孙媳妇对儿媳的"威胁"，转变现状的行为都是由媳妇一方发出的。这种情况的存在，实际上就是故事为孙媳妇（巧女）设置的难题：怎样才能在不影响家庭和睦的前提下，处理好长者的家庭权威与情理孝道的冲突。孙媳妇用"摔碗"的行动和充斥着言外之意的话语暗示巧妙地解决了这个两难的难题。"饭碗"作为转换孝与不孝的关键，它象征了子媳赡养态度的优劣。儿媳转变态度，也是由于她对自己晚年生活境遇的恐惧。这种恐惧在老百姓的现实生活中是相当普遍的，古来"养儿防老、无后为不孝之首"的说法，其实都透露出民众对晚年生活保障的关注与焦虑。由此可见，作为实干的行动者，孙媳妇之巧在其行为能够游刃于双重关系的交界边缘，既不损及自身的婆媳关系，又能改变家中的不孝状态。可以说，故事提供给听者的不是言语的巧妙，而是以恶制恶行动的痛快。

比较而言，《忌九的儿媳妇》叙述的则是民众对社会孝悌伦常的想象。这则故事同样设置了两难处境：一方面有名讳禁忌的限制，另一方面又被要求传达会触犯禁忌的信息。儿媳拆分了名字中的“九”，转译了年节和事物名称中的“九”、“韭”和“酒”，从容地化解了困境。可见，巧女的智慧就展现在设禁与守禁的两难之间。当我们的视线转向故事中的伦理观念时，引起我们注意的是儿媳守禁的自觉性。这种主动行为的出现以及公爹的夸耀，都强调了老百姓对敬老的重视。而以家翁名讳作为禁忌的难题，也说明故事中的“敬老”除了在日常生活上对老人的关照之外，还有在日常礼仪规范上对老人的敬重，尤其是称谓上的守礼。随着巧媳妇拆解外人的传话，故事表明了对其敬老行为的嘉许，正如故事所说：“真是个又聪明又孝顺的好媳妇”。可见，当巧女的智慧不与行孝观念相悖时，她的巧名才能获得更进一步的认可。

故事中的长幼关系是一对一出现的。婆媳和翁媳关系的独立展开，为巧女们设置了行孝的难题。婆媳历来是家庭中最难相处的一种关系，她们之间的摩擦多是一种非理性的情感冲突。故事在这种关系里谈论养老问题，是从一个极端的视角去观察巧女对孝道的遵守与维护，把恶名赋予不孝者，如《摔碗记》中的儿媳，惩罚她对民间孝道的违背。在翁媳关系中谈敬老，是与实际的生活状况有关：家翁作为实际权威，享有崇高的家庭地位，而且翁媳间很少存在非理性的纠葛。从上述分析中，我们可以看出，民众对孝道的强调，仍是出于维护家庭和个人利益的目的。毕竟，年华飘逝是每个人都要经历和面对的事情。晚年的家庭地位与生活保障是与民众切身相关的重大问题。再者，对待老人态度的优劣，自然会影响家庭内部关系的协调与否，从而涉及外界对家庭整体的评价。

总之，这些巧女故事的讲述，宣扬了民众观念中的重孝，同时也对巧女的机智做出道德评判：巧女之巧所以能被大众承认，是因为她们具备尊老尽孝的品性。巧女的智慧是她们维护伦理规范的有效武器。

二、巧女故事中的守节观念

守节是民间伦理规范衡量女性的另一条准则。这条准则在巧女故事中被转化为对女性个人名节和尊严的重视。细读故事之后我们发现，“守节”行为主要讲述发生家庭场域之外事件的故事。在这样的一个活动空间中，巧女直接承受着来自外界的挑衅，她们的名节和尊严成为男性偏爱攻击的目标。与之相应，故事所设置的困境基本上是恶意的调戏。对待这种危及自身的调戏，巧女的反击态度是坚决而强悍的，但她们的方法却是在权衡了利害关系之后才决定的。从故事资料提供的信息看，所谓的利害关系仍是以家庭利益为核心的。如果考验关系出现在村落内部，那么过激的反击行为就有损害邻里关系的可能，这不符合老百姓的处事原则，因此这些故事里的巧女一般会避免与调戏者发生直接冲突。如果参与考验的双方不存在任何利益关系，那么巧女反击的言行就不再受任何限制。

下面，我们看看这样一则故事《俊媳妇智惩淫和尚》[①]，好色的小和尚怎样在夫妻合作之下受到严苛惩治。

很久以前，在一座庙里住着一个老和尚和一个小和尚。老和尚双目失明，全靠小和尚照料。这个小和尚年轻漂亮，但心术有些不正。小和尚到庙时间不久，便看上了离庙不远一个人家的俊俏媳妇，他总想调戏她，但俊媳妇的丈夫是个膀大腰圆的壮汉，小和尚有点怕他。小和尚虽然不敢轻举妄动，但他又不肯死心，他绞尽脑汁想出了一个办法。每天，他把师父照料好，便提一串铜钱来到俊媳妇的家门外喊："号号号，号号号，我有铜钱七百吊，谁要谁要？"并且在俊媳妇出现时，喊得更欢。久而久之，俊媳妇知道小和尚在打自己的主意，心里很是气恼，很想惩治惩治他。

这天早上，俊媳妇把丈夫打发出去做买卖，独自等小和尚到来。晚饭时分了，俊媳妇又听到了小和尚的喊声，便出去开了大门也喊道："号号号，号号号，我要铜钱七百吊！"小和尚一听高兴得不得了。他马上来到俊媳妇跟前嬉皮笑脸地问：

① 参见《中国民间文学集成·承德地区故事卷》（下），中国民间文艺出版社 1989 年，第 329、330 页。

"你同意了?"俊媳妇应声道:"嗯,其实我早知道你的用意,只是我的丈夫整日在家,在家没法和你亲近呐!这回好了,我把他打发出去了,要十多天才能回来呢,快上屋吧!"俊媳妇说着便把小和尚拉进了屋里。

到了屋里,和尚把铜钱递给俊媳妇,便央求她跟他睡觉。俊媳妇把铜钱锁进柜里,然后说:"你先别忙,等我给你包点饺子吃,然后再干我们的事!"于是,俊媳妇便忙乎开了,不多时饺子包好了。俊媳妇说:"你先等等,我去烧水。"俊媳妇把缸里的水都舀进了锅里,然后烧了起来。小和尚见状问道:"煮这么点饺子,你咋烧这么多水呀?"俊媳妇说:"捎带着烧烧炕,我们睡觉也得劲儿!"其实俊媳妇在磨时间哩。她一直烧了半个时辰,才把水烧开了。俊媳妇在外屋喊道:"水烧开了,快把饺子端出来吧!"话声还没落,就听得有人敲门:"开门,开门,我回来了!"小和尚被吓得团团转,俊媳妇赶紧把小和尚藏进了水缸,嘱咐他说:"无论外边有啥响动,你可不要动啊!"小和尚连连点头。俊媳妇又找了块板子盖在上面,然后才出去开了门,向丈夫递个眼色说:"快动手吧!"于是她丈夫悄悄挑来两桶凉水,掀开缸盖,两大桶凉水全倒在缸里,又盖了缸盖,丈夫这才悄悄走了。俊媳妇掀开缸盖说:"你快走吧,不然我丈夫再回来,你就逃不脱了!"小和尚已经冻得说不出话来,跳出水缸跑回寺院。他着了凉,不久就病死了。

小和尚病死之前,还留了一首自嘲诗:"号号号,号号号,我失铜钱七百吊。饺子没吃上,媳妇没摸着,一缸凉水把我激，跑回寺院发高烧。待我病好去算账，抢她俊媳妇小娇娇！”瞧，这小和尚病成这样，还想着人家俊媳妇呢。都是他淫心太大，才一命呜呼了。

俊媳妇与丈夫合作让好色的小和尚既失了七百吊铜钱，又因泡凉水而丢了性命。合作的目的除了惩治色鬼外，若我们往深处探寻，还可以找到护卫节操的蕴意。这里面有明显的巧拙对比，巧女的聪慧和色鬼的愚蠢构成了故事的趣味所在。如果这个故事还没有清楚说明巧女在个人名节与家庭利益之间的权衡，那么我们再看看故事《夫妻定妙计》[1]，痛快地感受一下韩老大与五娘子计惩老财主的酣畅淋漓：

韩老大的媳妇五娘子，勤俭、贤惠、聪明。长得漂亮，是这一带出了名的。与韩老大住一个村的老财主是个见了美女就流涎水的好色之徒，他见韩老大的媳妇五娘子长得好看，心里像有蚂蚁爬，怪痒痒的。一天，他趁韩老大不在家，就悄悄地闯进韩老大家里，嬉皮笑脸地对五娘子动手动脚，满嘴胡说八道。五娘子见老财主纠缠不放，就装作十分亲热的样子说：“这么着吧，我知道你的意思，不过今天可不中，当家的快回来了，让他碰见，还不把你的狗腿打断喽！他明天出门，你一早再来。”老财主听后，心里美滋滋的，眉飞色舞地出了屋门。“哎，明天一早，可别忘啦！”五娘子叮咛了一句。“一定，一

① 秦玉林、王国新主编：《唐山市民间文学三套集成丛书之一·韩老大和五娘子的故事》，河北省唐山市民间文学三套集成办公室（内部资料），1986 年 7 月，第 230～233 页。

定！”老财主的脸上堆满了笑。

韩老大回来后，五娘子把这事告诉了他。气得他两眼直冒火。接着，两口子便合计了一条妙计，非好好教训教训这个老财主不可。第二天一大早，韩老大就出门了。他前脚走，老财主后脚就进了韩家。老财主要动手调戏五娘子，忽然院门外有咳嗽声。五娘子慌忙“哎呀”了一声说：“坏啦，坏啦！韩老大又回来啦！”老财主一听，吓得不知如何是好，在屋里直转圈子。“快到套间屋去！你去推磨磨面。当家的要是问我，我就说小驴儿拉磨磨面呢。”老财主一头钻进套间屋，“咕隆咕隆”地推起石磨来。

韩老大走进院子，五娘子迎过去，故意大声地说：“当家的，你咋又回来啦?”“嗨，我忘了带烟袋。哎，我不是让你推磨磨面吗？咋套间里咕隆咕隆地响?”韩老大也大声说，是故意让老财主听的。老财主在套间屋里听得清清楚楚的，当下吓得心也慌了，脸也白了，磨也忘了推了，只顾支棱着耳朵听院内的动静。这时传来五娘子的声音：“当家的，你也不想想，让我一个妇道人家推磨，多累呀！再说！那么多麦子，得磨到啥时候？所以我借了头毛驴磨面。”韩老大“哦”了一声，忽然发觉了啥，又说：“咦，你听！磨咋不响了？你借的一定是头懒驴，只要人不在跟前，它就懒得走，让我狠狠地抽它两鞭子去！”说完，装作朝套间屋走。

老财主一听，吓得两条腿像断了筋，一软，“扑通”坐在地上，脑袋“咚”地撞在磨盘上，磕得他直咧嘴。当听到五娘子说："当家的，这头驴很听话，不用鞭子打，我一吆喝，它就乖乖地走。驾！"老财主果然咬着牙站了起来，推得磨"咕隆咕隆"地响。韩老大和五娘子捂着嘴都乐了。

韩老大装作在院子里找烟袋。五娘子来到套间屋，只见老财主推着磨，累得满头大汗，直喘粗气。他刚要停下来说啥，五娘子向他做了个手势，意思是说："韩老大还没走哩，别吱声，就老老实实地推吧！"老财主无奈，照旧推着磨。五娘子用簸箕装了麦子，倒进磨斗里。"家里的！我的烟袋找到了，我把烟口袋儿放在哪儿了，啊？"韩老大在院子里喊着。

五娘子一边回答："你的烟口袋儿，我哪知道放哪儿了，好好找找吧！"老财主在套间屋里，一边推着磨，一边听着，韩老大夫妻俩就像真的找烟口袋儿似的。就这样，韩老大在家里"找"了一上午烟口袋儿，老财主在套间屋里推了半天磨。快晌午时，韩老大故作惊喜的样子，叫起来："找到了，找到了！原来放在这儿啦！看我这记性。唉，白白搭了半天工！"随后说："眼看晌午了，你做饭，我去卸驴。"老财主听了这话，浑身筛起糠来。忽听五娘子说："当家的，你让我做饭，缸里还没有水呐！""那我先去挑水。"韩老大挑起水桶，把水桶弄得丁当响。老财主在套间屋里听水桶的响声越来越小了，知道韩老大走远了，慌忙钻出套间屋，像一只老鼠，撒腿就往外跑。五娘子望着老财主的狼狈相，"扑哧"笑了。韩老大挑水回来，问："磨咋不响了，驴卸啦？"五娘子笑着说："这驴不用人卸，也不用人送，自己就卸了套，跑回家去了。"

韩老大夫妻都笑出了声，笑得真开心呀！再说老财主累得满头大汗，往家里跑的时候又着了风，回到家里就病倒在炕上，差点见了阎王。这天他在街上转悠，正巧碰上五娘子。他装作没看见，想低头走过去。可五娘子却先开了口："呦，你的病好了！咋不到我家去串门儿呀？"老财主不敢看五娘子，耷拉着脑袋，没好气地说："你们家大概又没面吃了吧！"

值得注意的是，故事中促使夫妻合作的一个细节：韩老大在获悉妻子被调戏的事情后，"气得他两眼直冒火"。这个细节的添加等于在女性个人名节与家庭利益之间建立了联系，即将女性自身的利益也划归在家庭利益的范畴中。这种利益的划归，再加上老财主的同村人身份，为五娘子破解调戏难题设下了限制，让五娘子处在个人利益与家庭利益的夹缝之间，对名节的重视促使她必须惩治色鬼，但同时她又不能为此给家庭留下隐患。所以五娘子选择了一种折中的方法：先假意迎合，而后故意安排丈夫回来，以藏身为名让老财主装驴推磨，再刻意延长丈夫在家的时间，狠狠地惩罚了这个好色之徒。综合看来，这则故事中的巧女之巧共表现在三处：其一，巧在审时度势。五娘子独自面对老财主时的假意迎合，使其避免了在孤立无援的情况下受到伤害的可能。其二，惩治色鬼。五娘子与韩老大合作，让老财主在推磨之后"差点见了阎王"，使他不敢再生非分之想。其三，顾全邻里关系。故事的结尾处五娘子与老财主的对话，说明财主经过教训后已经杜绝了调戏的念头，但同村之间的关系并没有被完全破坏。

通过上面的分析可以知道，对利益关系的顾及，只能影响巧女行动的方式，而不能影响她们行动的目的，巧女不允许任何人做出损害自身名节与尊严的行为。当故事隐去利益关系的影响时，巧女又将如何呢？我们在前面谈到巧女维护家庭利益的才干时，曾提到《上坟》这个故事：

清明节，五娘子为去世的公爹上坟，一边哭一边烧纸。有个秀才打这路过，看见一个少妇在哭，眼一溜，没旁人，就说："一顷地，两所宅，既没老婆又没孩。哪位娘子不嫌弃，跟我一块回家去。"五娘子一听，高声说："酸秀才，甭胡闹，我本戴得公爹孝。丈夫出门做买卖，当年去了当年来。熬瞎你那绿豆眼，看你脖长四腿短。"秀才一听，这个妇人不好惹，灰溜溜地走了。

五娘子与路过的秀才只是萍水相逢，彼此之间没有任何利益关系，因此，一旦调戏发生，五娘子即刻用最直接的语言拒绝他，并用"熬瞎你那绿豆眼，看你脖长四腿短"痛斥秀才为王八。除去动物暗示外，故事中的巧女们也常借女性的生育能力来暗示彼此之间的辈分。生育能力是传统社会所注重的，也是女性引以为豪的能力，所以她们并不忌讳正面谈及，反而将它作为特殊的言语利器，去刺破调戏者的不良居心。比如在《吟诗》[1] 中：

---

① 秦玉林、王国新主编：《唐山市民间文学三套集成丛书之一·韩老大和五娘子的故事》，河北省唐山市民间文学三套集成办公室（内部资料），1986 年 7 月，第 216～219 页。

有一天晌午，五娘子用扁担一头挑着饭篮，一头担着瓦罐，去为田里干活儿的丈夫韩老大送饭。从对面走过来三个人，一个是上京赶考的秀才，一个是化斋的和尚，一个是讨债的财主。这三个人离五娘子老远的时候，悄悄一商量，便想拿这个农村妇女开开心。他们和五娘子走到对面的时候，秀才上前说："不知这位大嫂担着篮子瓦罐去干啥？"五娘子说："为我丈夫去送水送饭。"秀才说："噢，是为你丈夫预备的水和饭，正巧我口渴得厉害，就把瓦罐儿里的水给我喝了吧！"和尚说："我肚子正饿，你就把篮子里的饭给我吃了吧！"财主说："你把这水和饭都让他们俩吃了喝了，该没有给我的了吧！"

五娘子一听，三个家伙说便宜话呢，她灵机一动，计上心来，把担子放到路边树荫下，说："我这里的饭和水只够一个人吃喝，你们三个都要，我该给谁呢？我看，你们每人按照自己的本行做一首诗，谁做得上来，我就给谁。"这三个家伙说："好！"秀才说："有口本念和，无口也念禾。去了和边口，添斗变为科。"和尚说："有土本念增，无土也念曾。去了增边土，添人变为僧。"财主说："有人本念傢，无人也念家。去了傢边人，添禾变为稼。"三人说罢，都想吃饭喝水，扬扬得意地瞧着五娘子。五娘子说："你们先别忙，我还没说呢。"秀才、和尚、财主一愣："你也会做诗？"五娘子点了点头。秀才说："你做诗也必须按照你的本行。"五娘子"嗯"了一声说："有木本念桥，无木也念乔。去了桥边木，添女变为娇。娇娘丈夫爱，胸脯两大块（乳房）。一边奶和尚，一边奶秀才。松松裤腰带，生下财主来。”

巧女五娘子在判明了秀才等人想占便宜的企图后，将心怀不轨的秀才、和尚及财主比喻成自己的儿子，用直白而犀利的话语让他们仓皇而去。可见，一旦利益关系的限制消失，巧女将不再计较言行的分寸，用最泼辣的话语、最强悍的行为来守护自身的利益。仔细品味巧女角色行为背后的蕴意，我们还会有这样一个发现：虽然故事的重点仍是强调巧女临危不乱、巧妙化解困境的智慧，但从她们对捍卫自身尊严与名节的坚持中，我们能发觉一些女性自主意识的朦胧身影。当然，在巧女故事的研究范畴中，这种女性意识是模糊不清地隐身于利益背后的。

前文已经说过，巧女故事的创作是基于民众对现实补足的心理。故事赋予了巧女远远超越于现实的自由和觉醒，所以这些慧黠的女性，在不严重影响家庭利益的情况下，更为关注自身尊严、名节的纯洁。当重孝与守节两种伦理规范发生矛盾时，她们会选择卫护后者。比如在《一个虐待儿媳的婆婆》[①] 中：

传说在江浙地区的一个城镇里，镇上有户富裕人家，家里主人叫王有财，经商为业。妻子赵氏，儿子叫王维宝，娶了个邻村的姑娘宋竹梅为儿媳。宋竹梅聪明能干，但由于是农家姑

① 《中国民间文学集成上海卷·长宁区分卷》，上海长宁区民间文学集成办公室（内部资料），1989 年 4 月，第 344、345 页。

娘，家庭又不如王家富裕，因此婆婆赵氏对她极其不满和轻视。她认为宋家寒酸，而宋家寒酸又成了赵氏的心病。不过儿子王维宝欢喜，小夫妻感情也很好。赵氏经常要找竹梅麻烦，有时冷嘲热讽，有时恶言秽语，认为她不好，不顺眼。但每次赵氏强加在儿媳竹梅身上的麻烦事，都被这个聪明的竹梅巧妙地对付过去了。赵氏婆婆并不罢休，还觉得对儿媳狠得不够，想找个借口来狠狠打骂她一顿，才觉得解恨，能树立婆婆的权威，显示王家富有人家的严谨家规。

这天，赵氏想出了一个狠整儿媳竹梅的办法。一早起来，她就将竹梅叫到面前说："你今天到街上去买两尺绿布回来。"竹梅不敢违拗，就到街上买回了两尺绿布，即去对婆婆赵氏说绿布买回来了，做什么用呢。赵氏说："为你丈夫做一顶绿帽子吧。"竹梅一听，心里一震，想婆婆怎么说出这种话来呀？我没有做过任何对不起丈夫的事，为什么这样来为难我呢？(丈夫戴绿帽子，是暗示妻子偷人的意思。)百思不得其解。心想，为人不做亏心事，半夜敲门不吃惊。我没做坏事决不做这绿帽子。但怎么能应付婆婆呢？想呀想呀，终于想出了一个办法。第二天趁婆婆外出有事的时候，竹梅就动手将婆婆的箱柜等都翻个底朝天，满屋翻得乱七八糟。下午赵氏回家来一看，家里好像遇了强盗一样，翻倒得不像样，这一气非同小可，差点气得晕了过去。极度愤怒地责问竹梅说："你为什么要把我的箱柜和家里东西都翻倒得这样乱七八糟？你想干什么？"宋竹梅这时却一边仍在翻着，一边回答说："婆阿妈呀！你叫我为你儿子维宝做顶帽子，可你又没讲怎么个做法。可把我难住了。我生来没有做过，实在没法子。婆婆你的嘱咐又不能违拗。没有样子做不起来。所以我想把你婆妈做过的样子找出来，好照样子做呀！”赵氏婆婆一听，又气又恼，这才恍然大悟，又不好再发脾气，心里不得不信服儿媳宋竹梅的聪明厉害。从此赵氏婆婆再不敢轻视虐待儿媳了。

孝顺婆婆原是老百姓一直坚守的原则，因此，无论婆婆提出了什么无理要求，儿媳竹梅都会竭力应对。但当家婆出的难题（做绿帽子）危害到媳妇个人名节时，民众允许媳妇不囿于“孝”的局限，毫不犹豫地予以反抗——通过翻找婆婆“做过”的绿帽子，迫使赵氏放弃对竹梅的刁难。可见，在节孝之间的轻重权衡上，民众的态度是宽容的。对于每种道德要求，他们都设定了宽泛的违规界限。故事赞扬守规行为、贬斥违规举动的目的，就是要告诉听者，只有建立在民间伦理规范上的言行，才能真正维护家庭和个人利益。

上述故事告诉我们，巧女角色是民众按照他们对理想女性的预期而塑造的，因此她们是德才兼备的。对巧女而言，在展现女性才智的过程中，德与才是一体的。守规之德，通过女性智慧的应用得以显露，同时又在故事的表述里规范着女性智慧的张扬。它们共有着同一个目标，就是保护家庭与个人的利益不受侵犯。巧女在故事中被赋予了全能守护者的职责：既要具备持家守业的能力，安分守己地恪守各种规范；又要妥善处理家庭内外的各种关系，在危难时刻挺身而出，挽救家庭及自身的困境。这种全能式的要求，让巧女们在故事中陷入了利益与规范的两难境地。协调生活现实与民间伦理规范的关系，成为这些实干家必须解决的重要问题。所以，民众寻找了一种折中的方式，当没有外力危及家庭或女性自身利益时，巧女要做伦理规范的信徒。一旦在男性缺乏或男性庇佑能力匮乏的情况下，出现利益危机，她们可以“隐藏”自己的女性身份，暂时抛开规范的约束，作为男性家庭的代言人与外力较量并解决困境。利益与规范的冲突，并不影响德才的互融，而且只有德才的互动，才能真正解决两难中的徘徊。

情利交融：民间女性婚姻观

实际上，许多巧女故事在叙述女性智慧的同时，不同程度地透露了民众对婚姻的关注。民众将婚姻问题纳入巧女故事的讲述，就说明婚姻在民众看来，是关系日常家庭生活的重要问题。姻亲关系的建立，不仅会改变男女两性个人的生活状态与现有的生活圈层，同时也会影响两个家庭或家族之间的利益。这种利益关系的变动渗透在巧女故事中，影响了巧女处理情感与婚姻问题的方式。因此，当我们触及到女性的婚姻观念时，就不能不看到以家庭利益为准的婚姻界限。这一界限将女性分割在婚前与婚后的不同生活状态中，使她们在对待婚姻时秉持着不同的态度。

过去，父母把持着婚姻的抉择权。女子只能履行父母之命，带着忐忑不安走进陌生的夫家。这是造成巧妇伴拙夫的主要原因。但每个被束缚着的人，都会有冲破牢笼的欲求。选婿型故事让女子把握抉择权，蕴涵的是老百姓对享受婚恋自由的渴望与想象。故事把时间设定在婚前，是因为女性在这段时间里的特殊位置：她们即将出嫁，远离娘家的利益中心；她们尚未嫁出，没有进入夫家的利益范围。在这种游离于家庭实际利益的境域里，自选夫婿才成为可能。不过在此之前，通常会有一个预设的前提，即父母择婿的困难或失败，所以，巧女的选婿行为仍旧带有“破题解困”的性质。从这个前提的安排上，可以隐约见到原有规范的影子，以及民众观念的一定局限。如前所述，当女性执行代言职责时，民众是以宽容的眼光看待的，她们可以暂时卸下以往的束缚。这种危机的存在，反而为女性提供了一个恰当的机会，让她们借由男性的性别角色，选择自己真正需求的终身伴侣。

传统社会中，婚姻的成败意味着女性一生的祸福。因此，在选夫择婿的问题上，女性及其家庭成员的态度都是慎重的，总要经过一定的考核，才能做出决断。故事告诉我们，巧女想要的夫婿是精明强干、善良敦厚，又情深意长的男人。这里面实际包含了三条合为一体的择婿标准，即能力、品性和情意。不同故事的叙述里，对三者各有偏重，但在它们的叙述顺序上，能力始终是最先要被确认的一条。试看流传于浙江温州永嘉一带的故事《看牛细儿得妻》①：

从前，有个财主，生育了一女一男。女儿年龄二八，才貌双全，儿子也聪明机灵。有一年正月，财主家里雇来几个人，有教书先生、相帮和看牛细儿。财主为了使他们多做事干，就想出了一个办法。一日夜里，他走到教书先生房里，对先生说："先生，今年你若能把我儿子教好，年尾能考中秀才，我将我的女儿许配给你。"教书先生听后很快活，从此用心教书。几日后，财主又来到相帮处，对相帮说："你一年如能种得两年粮，到时我把我的女儿给你当老媪。"相帮听后也很快活，这一年他早出晚归，一心想把田种好，得个大丰收。没几日，财主又把看牛细儿叫来，对他说："你今年若能使我的水牛娘生两窠牛儿，我招你做个女婿。"

春去冬来，到了年尾，年头财主交代三个人做的事，他们都做到了。这下财主可急得团团转，困不安，吃不落，整日倒在床上叹气。女儿见阿爸恁样子，就去问娘格呢事干。她娘讲："都是为了你的婚事，你自己去问你阿爸吧。"女儿来到财主床前问阿爸，为格呢恁愁心，财主就将这事详细讲了一番。女儿听了笑笑说："阿爸勿愁，到时候我告诉你个办法，你快快起来吃饭。"财主听后半信半弗信。女儿回到房里，心里一想，教书先生把我兄弟教起考中秀才，长工种田多打粮食，这两样都比较容易，唯独那看牛细儿的事顶难办。因为牛肚子里

---

① 《中国民间文学集成·浙江省·温州市·永嘉县故事卷》，永嘉县民间文学集成办公室（内部资料），1989年9月，第497～500页。

的事，谁也无法晓得。再说论岁数，他比前两个少，论人品三人他第一。财主女儿心恁一想，就有意嫁给看牛细儿。

第二日，财主女儿找到看牛细儿，问："你想不想老婆?"看牛细儿讲："老婆谁不想，只是教书先生和相帮两个人样样比我好。"财主女儿笑了笑，讲："只要你听我的话，我就给你当老媪。"说着，就把自己想好的一首诗教他，还在他耳边吩咐了一番，直到他点头讲晓得，她才放心。十二月廿四夜，财主摆一桌酒席，把教书先生、相帮和看牛细儿三人都喊来。财主坐上，教书先生坐东，相帮坐西，看牛细儿和财主女儿坐下横。酒过三巡，财主开口对三人说："明朝，你们都要回家过年了，我晓得这几日你们最担心的是自己的婚事。诸位请放心，大丈夫讲话板上钉钉。不过自古道'一女配一夫'，我只有一个女儿，怎好嫁三夫呢?"财主说到这里，故意停了话不说，看了看他们三人。可是三人都低着头一声不吭。他只好接着说："不过我这里有个主意：你三人来做诗，谁做得最好，我就叫女儿嫁给谁。你们看行不行?"

教书先生听说做诗，心里暗暗快活，连忙站起来讲："可以！可以！"相帮转脸看看看牛细儿坐在那里只管喝酒，一声弗响，心里想，财主既然提出要做诗，教书先生又赞成，我也同意算了。相帮接着讲："可以。"教书先生问："用什么做题呢?"财主说："诗题各人自取，不过要用'弓'、'红'、'挂'、'洞'四个字做韵。"教书先生自以为有才学，就抢先念了，他站起念道："彩虹弯弯一把弓，日头刚出一点红，满天星星擎空挂，乌云遮月黑洞洞。”接下来轮到相帮做诗，他站起来想了半日，也念道：“桃枝弯弯一把弓，桃花开出一点红，桃子累累满树挂，桃叶遮桃黑洞洞。”最后轮到看牛细儿做诗。看牛细儿听见前面两人的诗做得恁好，心一慌，把财主女儿教他背熟的诗句，忘得一干二净。这下财主女儿可急了，她用手捅捅他，看牛细儿转脸看她时，她又用手摸摸眉毛、嘴唇、丁香和罗裙。这一招真灵哩，看牛细儿一看想起来了，他站起来念道：“小姐眉毛弯弯一把弓，口搽胭脂一点红，两耳丁香垂肩挂，八幅罗裙黑洞洞。”三人的诗都做好了，最后让财主女儿评。财主女儿指着教书先生和相帮说：“你们一个对天，叫天嫁给你；一个对桃树，叫桃树嫁给你。”她指着看牛细儿说：“只有他对的诗对我，我就嫁给他。”说完，她就进屋里去了。教书先生和相帮两人白白替财主一年做了两年的活，自认倒霉，红着脸走了。

看牛细儿能够获选，是因为他完成了财主的要求，“岁数少、人品第一”、心中有女儿，与能力强、品性端、情意深的要求一一相符。不过从女儿的言语中可以看出，看牛细儿的能力是促使女儿动心的重要原因，如她亲口所说，“唯独那看牛细儿的事顶难办”，言下之意确认了看牛细儿的能力最强。如果将选夫看做一种解除困境的行为，那么从困境的产生直至解决，候选人的能力都起了重要的作用。财主的允诺，引来三人之间一场变相的能力较量。他们在能力上的不分伯仲，造成了择婿的困境。财主女儿思量人选，又是最先考虑能力的高下，再辅以其他条件，解除困境。可见，三条标准在抉择过程中被放在一起考虑，但能力始终处在首要而基础的位置。但当能力考核无法一决高下时，品性和情意就成为衡量候选人的标尺。

故事中的巧女角色是由一群务实而不贪图富贵的节烈女子扮演的，民间伦理规范赋予她们道德上的约束，已经溶入她们的血脉，溶入一切的言行举措。因此，在选择夫婿时，她们也会对男子的品性有规范性的要求。这种品性的标准在故事中表现为两个层次，一是在伦常上的明孝重孝，二是为人的憨实和行事的勤恳。比较而言，前者经常出现在答隐喻巧女述人心故事里，获选者是用应答诗句传达了重孝观念的人，比如《卖柑媛姝》①：

有一个教书先生，有一日，他到书院门口买柑吃，见书院门口台阶上，有一个媛姝儿放着一篮柑。先生就问："你这柑卖多少钱一斤？"她讲："我这柑不卖，谁若对得出我的诗对，我就把这篮柑送给他吃，连我自已也嫁给他。"先生看着女子生得蛮漂亮，就说："那你把题出来让我对吧！"媛姝儿便出了题目："格呢最甜？格呢最苦？格呢最深？格呢最浅？"先生一听，笑了笑讲："这有格呢难对。"讲："甜不过蜜糖，苦不过黄连，深不过清潭，浅不过砚瓦。"媛姝儿听罢，摇摇头说："你对得不对！"先生红着脸回到课堂里，就把刚才碰到的事向一个学生讲了。学生听了讲："先生，让我去试试看。"学生到

① 《中国民间文学集成·浙江省·温州市·永嘉县故事卷》，永嘉县民间文学集成办公室（内部资料），1989年9月，第500、501页。

了门口，要那嫒姝出题。卖柑的看了看这学生，少年英俊，就把刚才出的题目又念了一遍。学生听了，想了一下讲："有爹有娘甜如蜜，无爹无娘苦黄连，三寸喉咙深如海，一双眼孔最短浅。"嫒姝听了点点头讲："你对得好。"学生红脸讲："大姐，大姐说我答得对，就请你先挑几只最大最好的柑给我先生吃。"嫒姝挑了几只给他，学生把柑送给先生并请先生给他们做媒。这个嫒姝就和这个学生结成夫妻。

能令巧女笑颜相迎，获得青睐的只有答出"有爹有娘甜如蜜，无爹无娘苦黄连"的学生。这些故事忽略对考核能力情节的讲述，着重在孝道伦理上加以权衡。后者在故事中经常作为后续的衡量标准，与能力考核相连。比如《翠姐选郎》①：

乾隆年间，有个姓刘的老员外，老员外有个独生女儿名叫翠姐。翠姐长得如花似玉，是老员外的掌上明珠。这年翠姐已经十八岁了，还没有主儿，提媒的把门槛儿都踏坏了，可翠姐一个也不应许，急得刘员外想出了抛彩球的招儿。谁知他把主意跟女儿一说，翠姐不答应，她说："爹，要是你真心疼孩儿，那你就在清明那天把小伙子们集到员外府外，我自已挑。""这不是出爹的丑吗？成百的小伙子，让你挨个儿扒拉呀！挺大个姑娘也不知害臊，亏你说得出口。""爹，孩儿自有办法。"老员外架不住女儿磨叽，也只好答应了。

清明那天，员外府来了一百多个小伙子。这时，只见阁楼

---

① 卢正佳、缪力主编：《中国民间故事精品库·生活故事卷》，中国文联出版社1999年，第4、5页。

上门帘儿轻轻一挑，打里面走出三个女子。打头的那个女子长得实在太美了，就是天上的仙女也比不上，小伙子们惊讶地望着她。这就是翠姐。只见翠姐对阁楼下的小伙子们说："我这里有不少花籽儿，分给你们每人一份儿，拿回去种上，等到七月初七那天再来这里比花儿，看谁的花儿开得最好看，谁就能被选做女婿。"

转眼到了七月初七。大清早，手捧鲜花的小伙子们又都来到了员外府，小伙子们都夸自己的花儿好。翠姐领着两个丫环站在阁楼上，老员外也在阁楼上。老员外说："各位公子，今天是我女儿订婚的良辰吉日，你们挨个拿着花儿从阁楼下走过，让我家小姐观赏你们手中花儿。"小伙子们手捧鲜花，按次序从阁楼下走过。翠姐望着小伙子和他们手里的鲜花，抿着嘴儿笑着，一个，两个，三个，整整走过去了五十多个，翠姐都没看中。老员外偷偷看了一眼女儿，只见女儿还是那样笑着。又过了五十多个，眼瞅着没剩几个小伙子了，老员外的汗都下来了。他急忙给女儿递了一个眼色，意思是你快点儿选一个呀，人都快过没了。女儿没理会，继续往下看。老员外不由得又向阁楼下望去，只见一个赤手空拳的小伙子走到阁楼下。小伙子长得英俊、魁梧，他向上一拱手："小姐，实话实说，我用您的花籽儿种的花儿没长出来。"老员外一听，火腾地一下就上来了，他心里骂道："花儿没长出来，来这干什么，凑热闹？"他刚想张口，女儿扯了扯他的衣襟："爹，我选的就是他。"老员外感到很奇怪，忙问："为什么？"女儿说："爹，女儿一心想找一个憨厚老实的人，这一百多个小伙子中只有他最诚实，我发给他们的花籽儿是用锅炒过的。”老员外说：“真没想到，我这宝贝闺女的心眼儿真多。”

这则故事对品性需求的描述很明确。故事在结尾时明确指出，翠姐选夫的目的是“想找一个憨厚老实的人”，所以在最关键的考察中，她使用特殊的方法也是顺理成章的。当她对老员外说出真相“花籽儿是用锅炒过的”时候，听者恍然大悟，女主人公的百般设计就是为了观察候选人的品性。如果我们将视角移回家庭生活的场域范围内，就不难理解女性对男子品性的重视。民众非常明白，夫妇相处的和美，仅凭任意一方的能干是无法实现的。只有双方都具备了纯良的品性，才能构建一个和睦之家。所以把握男方性情上的优劣就成为择偶时的一个关键。故事毕竟是民众现实基础上的想象。

从上面的分析看，故事强调男子的能力和品性，是民众基于现实的思考结果：丈夫作为未来家庭的顶梁柱，他的精明能干意味着家庭物质生活的富足，而诚恳老实的品性则是日后安定生活的保障。从这个角度出发，重新分析上两则故事（《看牛细儿得妻》和《翠姐选郎》）中的能力考核，可以看出百姓对农事的关注。虽然故事是依据候选人的职业来分别设置考核项目，但基本是与村落生活的稼穑等农事相关。候选人总是要凭借他们在农事上的熟练和品性上的淳厚，才能赢得佳人归。比较巧女故事中择婿与选媳的测试标准，能够发现民众对家庭“另一半”在能力和品性方面的大体要求是一致的，都是理家才能与纯良品性的结合。不同只在抉择人的差异上，以及两性才能使用场域上的内外之别。选媳多数由家翁代办，看重持家能力；择婿是由女子自选，关注护家本领。这种安排为巧女们留出了一定余地，以展现她们对生活质量的需求。

女性先天的敏感多情，令她们的少女情怀中总是充满着郎情妾意的想象。对女性而言，丈夫的能力、品性是生活的物质保障，而情感则是点亮生活的光环。当女性可以抉择婚姻的时候，她们就无法抑制对情意绵长的需求。现实生活中的步步维艰，并不能完全磨灭人们内心对自由和真情的渴望。当然，这并不代表民众对现实利益的放弃。事实上，无论在现实还是在故事中，他们总是做着鱼与熊掌兼得的努力。这也是故事将情意需求列在能力与品性的测试之后的主要原因。候选人能力与品性的肯定，是情感抉择的必要前提，就像《才女选婿》① 中叙述的“三人才貌双全，选谁为宜，难以决断”。只有在这种情况下，情意需求才能成为最后的抉择标准。

从前有一个教书先生教着三个学生，各个眉清目秀，才思敏捷。先生膝下无儿，只有一女，先生从小让女儿与三个学生一块学文修字，吟诗作文。按年龄大小称三个学生为大、二、三师兄。四个师兄妹像亲兄妹一般。随着年龄增长，师兄们对姑娘产生了爱慕之心，尤其是老三更是喜欢小姐。小姐对大师

① 卢正佳、缪力主编：《中国民间故事精品库·生活故事卷》，中国文联出版社 1999 年，第 2～4 页。

兄二师兄既尊敬又爱戴；可对三师兄，别有一番儿女柔情，但因礼节所碍，不敢有所表示。过了两年，先生因女儿渐渐长大，便不再让她与师兄们一起读书了。但姑娘在针工刺绣之余，还是常常想着三位师兄。

方圆几十里，有不少大户人家，闻知老先生有个才貌双全的千金小姐，纷纷登门求婚，都被婉言回绝。原来先生已有打算，想在三个得意门生中择一为婿，但三人才貌双全，选谁为宜，难以决断。眼下考期将近，先生暗定一个主意，要选考得第一名者为婿。光阴似箭，不久考试完毕，放出榜来。三个学生考得极好，并列头名秀才。先生真是欢喜不尽，三个学生都高中，也不枉自己苦心教学一场。喜庆之余，忽然想起女儿的婚事，老先生却作了难。于是将女儿叫到跟前说："我儿年纪已不小，早应成婚。为父有个想法，从你三个师兄内招一人做养老女婿，我儿终身有靠，也了却我一桩心事，可他们三人难分高低，一直定不下来。我曾想等考试后，谁得中头名，便招谁为婿，如今他们三个都中第一，叫我实在为难。不知我儿愿招哪位师兄为婿，说出来为父与你做主。"老先生说完，等着女儿的回答。

女儿听了爹爹的一番话，羞得满脸绯红，本想直说出来，又不好意思，沉思一会儿道："女儿终身大事，本应由爹爹做主，事到如今，既然爹爹不能决定，孩儿倒有一策。等明天三位师兄前来谢师时，由孩儿出个题目让他们作答，哪个答得确切，便将他招赘为婿，不知爹爹意下如何？"老先生一听，觉得有理，当即表示同意。第二天早饭刚过，只见三个秀才衣冠整齐，春风满面，各带厚礼结伴而来。进得门来顶礼膜拜，同声说："学生能有今日，全凭恩师栽培，些许薄礼，望先生笑纳。"老先生急忙将三个学生扶起让座。师生们寒暄一番，老先生少不了勉励几句。然后话题一转，说道："你们如今已长成，学有功名，我有一事相商，不知该讲不该讲。"三位秀才齐声答道："老恩师有何见教，只管言明。"于是老先生将自己招婿的想法和女儿的主意讲述一番，三位秀才一听，心里好不高兴！急忙站起来躬身施礼，异口同声道："学生们蒙先生教授取得功名，又承错爱要招赘为婿，此德此恩实难相报，快请师妹出题。"老先生转入后堂取出一笺，只见小姐出的题是：写四句诗，第一句要落到"一点红"，第二句要落到"半弯弓"，第三句要落到"成双对"，第四句要落到"密层层"。

三个秀才一看如此简单的题目，各自提笔，不假思索，一挥而就。只见老大写道："桃花开来一点红，桃枝生来半弯弓，蜜桃结得成双对，桃叶长得密层层。"老二写道："太阳出来一点红，月亮上来半弯弓，星星满天成双对，云彩飘来密层层。"老三写道："小姐口儿一点红，小姐柳眉半弯弓，小姐与俺成双对，贺喜人儿密层层。"老先生将三人的答卷看了后，转入后堂交与女儿。小姐一看笑盈盈地拿起笔写道："长爱蜜桃次爱星，唯有三哥爱奴身，有情人儿成双对，无情人儿做宾朋。"老先生将女儿的诗拿出来给三个学生一看，前两个目瞪口呆，第三个喜笑颜开。老先生就将三徒弟招为养老女婿。

客观地讲，这则故事里候选人的诗句水平差别不大，唯一的差异只在他们心中的情意轻重，小姐那句“唯有三哥爱奴身”一语道破了权衡的标准。老百姓的情感表达坦白直率，对他们而言，能否直言深情意味着情意的深浅。所以影射巧女的诗句对答，在老百姓的想法里就等同于一种情爱的表白。上文提到，由于民众了解女性对真情的憧憬，所以尝试着一切可以兼收实利和情意的努力。当这种努力宣告失败，家庭利益与情感需求无法两全时，民众更可能做的选择是对改善生活的全心投入。故事中巧女敢于坦言：“有情人儿成双对，无情人儿做宾朋”，就是因为她没有生活上的后顾之忧，候选人的“才貌双全”早已提供了安康生活的保证。因此，情利两难的时刻，生活重负的阴影会遮蔽对情感的渴望。然而，这种遮蔽只能是一时的，因为渴求情感是与女性生命同在的特质，不会被永久地掩埋。总之，选夫期间女性是以恋爱的视角来品评婚姻的，她们为保障生活而要求男子的能力与品性，又因自身的渴求而以情意进行抉择。

巧女故事在谈及女性的婚恋态度时，用结婚和家庭做了区分。选夫故事说明了女性在婚前对实利与情感的双重需求。另有许多故事也透露出女性在婚后的需求。故事的讲述告诉我们，女性一旦经由婚姻进入家庭，就会以理智来控制自己。她们碍于现实的因素，被迫剥离了生活浪漫的一面。受到注目的不再是情感抉择的自由，而是现有家庭利益的保持和发展。进入家庭以后，女性就丧失了抉择的自由，加之民间伦理规范的束缚，她们不能也无法言变，所以她们会抱着“嫁鸡随鸡”的心态，终止对婚姻的思考，用一种类似麻木的平静，为家庭及个人利益而抗争。即便有外因促动了对婚姻的再次思考，她们也会迫于家庭及社会舆论的压力，使自己的情感冲动向理智妥协。在大多数明暗示巧妇讽他人故事中，来自巧男的恶意礼物，的确促使巧女重新审视自己的婚姻，并做出意图改变的决定。但一般来说，这些都没有敌过规范与家庭利益对女性根深蒂固的影响。巧女们往往被“好女不嫁二夫”拖住了抉择婚姻的脚步。这种情感对理智的让步，实质上是女性自身欲求向规范的妥协。不过，如果巧女就此屈服于束缚的捆绑，那么她们的智巧就名不符实了。比如，故事《送寡蛋》①：

雷寨有个姑娘嫁到岩寨的时候，她父亲送有一匹马做陪嫁。姑娘的丈夫是个憨厚的老实人，不会养马，那匹马慢慢地瘦了。妻子看着那匹马慢慢地瘦下去，就叫丈夫把马牵到城里去卖。城里有个秀才来买马，他没有带现钱，见卖马人憨厚老实，就想骗他，叫他改天来取钱。

老实人问他：“先生贵姓，家住哪里？”秀才说：“我的姓不冷不热，家住四街口。”说完，就把马牵走了。老实人牢记这句话。回到家里，妻子问他：“马卖了？”“卖了。”“钱呢？”

---

① 《贵州民间故事》，《贵州民间文学资料》第三十一集，1997 年 11 月，第 266、267 页。

"他说没带现钱，改天。""你怎么不跟他去取?""他叫我明天去拿呀!""去哪拿?跟哪个拿?""是个秀才，他的姓不冷不热，家住四街口。"妻子听了，想："这个秀才太欺负人了，好呀!你是读书人，买马想骗钱，我要叫你出丑。"就对丈夫说："那个先生家住十字街，姓温。你明天到十字街口大声叫喊：'温秀才，还马钱来!温秀才，还马钱来'，他就会把钱拿出来的。"

第二天，老实人来到十字街口，就放声大叫："温秀才，还马钱来!温秀才，还马钱来!温秀才，还……"果然，喊得几声，温秀才就听见了。觉得这个人在大街上指名道姓要他还马钱，太丢他的脸，就赶忙出来招呼他到家里去，问："你怎么晓得我姓温，又怎么晓得我住在这里?"老实人回答说："是我屋头教我的。"温秀才听了，暗暗怀恨在心，暗想，我本来想开他个玩笑，哪想他来出我的丑!于是，他心生一计，想报复对方一下。他先请老实人吃饭，饭后，把马钱付给他，又包了一块熟肉和一把生葱送给他，对他说："老弟，没有什么东西送给你，你把这包东西带回去交给你屋头吧!"老实人很高兴，把那包东西带回来，交给他妻子。妻子看见这包东西很生气，她不埋怨自己丈夫老实，只恨那个温秀才太可恶了，用"生葱配死肉"来挖苦她。她心想："好!他这样不讲理，我也要他吃点哑巴亏。"当天，她把那块熟肉，加作料做好和丈夫一起吃了。第二天，她拿了几个寡鸡蛋，对她丈夫说："你去感谢温秀才，对他说，你昨天送来的东西，加上作料回锅炒，味道很不错。寡鸡蛋更好吃，特地送来给你先生尝尝。”老实人拿着寡鸡蛋，来到温秀才家，照他妻子的话对温秀才说，又把鸡蛋送给温秀才。温秀才接过寡鸡蛋，听了老实人转达他妻子的那些话，晓得是在骂他“尽做缺德事，要断子绝孙”，自己只好捏鼻子吃冲菜——哑口无言。

与《送寡蛋》同类的多个故事都叙述了巧女同样形式的反击，即以隐含寓意的礼物讽刺巧男的刁难。另外，在触犯禁忌的境域中，情感成为巧女协调禁忌与生活实利的工具。运用情感来弥合家庭、维护自己的利益，从另一种角度说明了巧女的智慧。譬如前面曾经提到过的解两难巧妇赢夫婿故事《翠莲拿夫》①：

成亲后三天，县官要上大堂问案，就对翠莲说：“我去问案，你不许参言，我晓得你聪明。你若参言，我要将你休了。”……县官对翠莲说：“……你违背了我的意愿，现在我要把你休了。”……翠莲说：“你不是对我说凡属你衙门里的东西，我喜欢啥子就拿啥子吗？我喜欢的就是你这个人！”县官听后，觉得翠莲不仅聪明，而且多情，于是收休书，两人笑笑和和回转县衙。

故事中丈夫与妻子之间的约定，表达的就是“台前”禁忌，翠莲参言意味着触犯禁忌，被休是触犯禁忌后的惩罚行

① 《中国民间故事集成·四川卷（上）》，新华书店北京发行所，1998 年，第 585 ~ 587 页。

为。休妻的惩罚是让女性失去家庭的庇佑后，独自承担规范、舆论的压力。这种惩罚对传统社会的女性而言是一场灭顶之灾。接受惩罚等于放弃正常的生活，甚至是生命。面对危难，巧女的慧黠就表现在她们运用情感因素的自救行为：抓住丈夫允诺的漏洞，把丈夫带回娘家，用言语表达情感，挽回家庭的破裂和自身即将深陷的困境。运用情感的方式是务实的，这从另一角度说明女性择偶时对情意的注重是必要的。相信没有原先的情感基础，这件特殊的解困武器也无法发挥功效。可见，故事在讲述女性婚后生活时，并没有彻底摒弃情感诉求，只是这种诉求在婚后的日常生活中渐渐被销蚀，它在女性处于情感与利益的两难境地时，容易成为被忽略的一方。这是现实压制下的痛苦抉择。民众明白现实的残酷，但也明白情感因素对夫妻生活的重要，所以他们在故事里也表述了不同的境况，将情感幻化为日常生活中的厮守牵挂和相依为命。部分“明图画巧妇解家书”故事中的妻子，所以能够明了丈夫画中的意图，就是因为多年相伴的了解和夫妻情缘的牵挂。比如，《妻断夫信》[①] 中，妻子凭借对丈夫的了解和关心，指出读书先生的误读，明白丈夫的真实境遇。

有一个人外出谋生，多年未归。一天，妻子收到他的一封信，很高兴，忙找私塾先生给她念信。只见信上写道：“夫在外袜江鞋海，裤褂如倒塌寺院，不出门日行百里，有便船起早

① 《中国民间文化集成·梁山民间故事卷》（第二卷），山东省梁山县集成办公室，1989 年 9 月，第 316、317 页。

回家。”先生连看了几遍，不解其意，便说：“这是一封平安信，你丈夫在外很好，你不用挂心。”妇女不放心，对先生说：“信上到底咋说的，您念给俺听听。”先生念了一遍，那女人听着就两眼落泪，哭起来了。先生很奇怪，问：“正好好的，你哭哩个啥？”“先生你骗人。”“我咋骗人啦？”“明明是俺丈夫在外作了难，你还说很好。”“你咋知道的？”“信上写着的。”“我咋没看出来？”女人擦擦眼泪，解释说：“袜江鞋海，是说俺丈夫的袜子穿的没了底，成了长条条，鞋穿的没梆没沿了。裤褂如倒塌寺院，是说他的裤子褂子破烂的都遮不住羞（修）啦。不出门日行百里，是说他靠给人家推磨为生。有便船起早回家，是说他想回家没有盘缠钱，要等有钱才行哩。”

婚后的巧女是从家居运作的视角来体味婚姻的，她们珍视日常生活中的点滴相处，但面临利益与情感间的抉择时，又会掩埋心中的情感诉求，求得生活的安定。既可以体现她们的智慧，又能反映出她们对现实生活的理解。

总体而言，故事在设定女子择婿标准、描绘夫妻相处情景时，分别道出了民众对情感自由的渴求和想象。比较选媳与择婿的标准，不难发现，情感需求在老百姓的那里远不及利益需求的重要与迫切。现实赋予女性的处境，使她们无法摆脱已深入骨脉的利弊认知。当女性面对婚恋时表现了同样的务实心态，无论是选择伴侣，还是与夫君共处，家庭及个人的实际利益始终是巧女所有行动的核心，因为家庭是她们唯一可以获得庇佑的圣地。但这块圣地同时也是女性可以寻求情感慰藉的唯一场所，她们不能抑制对情感的憧憬。于是民众在故事中选取了一条折中之路：在家庭及个人实际利益得到保障之后，才让女性获得体味真情的资格和机会，允许她们依据自己的情爱需求选择配偶或运用情感因素弥合夫妻裂痕。总的来说，维护家庭和个人实际利益是女性基于现实处境的表层欲求，而体味情意绵长则是源于女性内心的深层渴望。

结语

巧女故事的讲述同其他民间故事一样，在教育或娱乐的形式下，蕴涵着民众的观念和欲求。故事中每一个角色、每一种行为的设置都渗透着老百姓在日常生活中对现实的思考和愿望的倾诉：面对利益征战，他们既专注于家庭范围内的利益守护，又深切体悟着自身在伦理规范限制下的艰难。如何以才能和理智解决困境，是故事意图解决的重要问题。大多数巧女故事，以男性的失败衬托女性的智巧，让女性成为权利的持有者，享受行为胜利的喜悦，是因为传统认知上男性天然的强势，可以更好地映衬巧女，但这并不意味着民众对男性的打压。巧女故事中每一个角色的背后，其实都是成败与巧拙的交叠。作为现实境遇的逆向想象，民众赋予女性机智、勇敢和大气，让她们完成主妇应尽的责任，体味情感的自由和持家的重负。同时让她们可以暂时抛却伦理规范的束缚，成为家庭及个人利益的守护者。这是民众所能想到的一条折中之路，也是一种艺术化的解困方式。

民间故事表述的教益——审美形式，为民众弥补现实缺憾提供了一定的想象空间。借由想象的翅膀，百姓才能在巧女故事中，以变通的态度来调整规范的限制尺度和情感的需求程度。现实与想象的交织，曲折地反映了民众心中的欲望和反叛意识，同时也在这种过程中体现出他们的创造智慧和实际的处理能力。因此，读者朋友们，希望你们在合上这本小书时，心中浮闪的不仅是对巧女聪慧机巧的赞赏，更多的还有对巧女故事这颗盈溢女性重彩的民间故事宝珠的喜爱以及对民众朴质思想的感悟。

图书在版编目（CIP）数据

巧女故事／康丽著．—北京：
中国社会出版社，2006.9
（中国民俗文化丛书／刘魁立，张旭主编）
ISBN 978-7-5087-1427-1

Ⅰ．巧…　Ⅱ．康…　Ⅲ．民间故事—简介
—中国　Ⅳ．I207.7

中国版本图书馆 CIP 数据核字（2006）第 108493 号

丛 书 名：中国民俗文化丛书
丛书主编：刘魁立　张　旭
全案策划：李春园
书　　名：巧女故事
著　　者：康　丽
责任编辑：孙　研
出版发行：中国社会出版社　邮政编码：100032
通联方法：北京市西城区二龙路甲 33 号新龙大厦
电　话：（010）66080300　（010）66083600
（010）66085300　（010）66063678
邮购部：（010）66060275　电　传：（010）66051713
编辑室：（010）66060097
网　　址：www.shcbs.com.cn
经　　销：各地新华书店
印刷装订：中国电影出版社印刷厂
开　　本：155mm×225mm　16 开
印　　张：11
字　　数：90 千字
版　　次：2011 年 4 月第 3 版
印　　次：2014 年 9 月第 11 次印刷
定　　价：18.50 元